超探偵事件簿
RAINCODE
レインコード
オレ様ちゃんは
お嫁さん!?

「正直さっきから、
怪しい視線感じちゃってるしー。
ご主人様ってばやらしー」
死に神ちゃん
ユーマと契約してとり憑いた死神。
ユーマのことをご主人様と呼んで激しく慕う。

「わたくし、いつの間にユーマさんとの子供つくっていたのでしょうか……」
?
フブキ
クロックフォード
夜行探偵事務所に所属する超探偵の少女。名家の令嬢で世間知らずなところがある。
「ご、ごめんねっ。ユーマくんに会えたのが嬉しくなっちゃって、わたしばっかり喋っちゃった。」
クルミ
ウェンディー
探偵に憧れているエーテルア女学院の生徒。いつか自分もユーマに追いつきたいと頑張っている。

ユーマ
ココヘッド
夜行探偵事務所で探偵見習いをしている。突然実体化した死に神ちゃんに困惑気味。

超探偵事件簿　レインコード
オレ様ちゃんはお嫁さん!?

篠宮　夕
原作・監修：スパイク・チュンソフト

ファンタジア文庫

3327

口絵・本文イラスト　おむたつ

これは、あったかもしれない別の世界の話。

【第一章】

「……え、えっ？」

朝。

ユーマ＝ココヘッドはお腹《なか》の上に違和感を覚え、目を覚まし、そして懐疑的な声とともに固まった。

真紅の厚い絨毯《じゅうたん》が敷かれた、どこか異様さを感じる部屋だった。

部屋のサイズは決して大きくはない。

六人を超えればやや手狭な印象は拭えないだろう。

もしくは、雑然としているせいかもしれない。

本棚には乱雑に本が詰め込まれ、収まりきらなかったのか床の上にも積まれている。

壁には巨大なモニター、その下には飾り気のない暖炉。

他にも、ユーマが寝床としているソファやローテーブル、デスクが置かれている。

ここまでなら、家主が粗雑なだけの部屋に思えるだろう。

だが、異様さを与える原因は壁にあった。

何故《なぜ》なら、視界全ての壁一面に、街の地図から、新聞の切り抜き、走り書きのようなメモが大量に貼られていたからだ。

一見するだけでは、なかなか不気味な光景。

ユーマはこの異様さを誇る場所を知っていた。


——夜行《やこう》探偵事務所。


それが、この部屋の名前だ。

カナイ区における唯一の探偵事務所。

悪が蔓延《はびこ》り、白が黒になり、黒が白となる、鎖国されたこの小さな世界。そんな地域における、真実の探究者たちの根城である。

しかし。

ユーマが疑問を覚えたのは、この探偵事務所についてではなかった。

単純な理由。

ユーマのお腹の上で、一人の少女がすやすやと眠っていたからだ。

「……え、えーっと……」

不思議な出立《いでた》ちの少女だった。

年齢は、ちょうどユーマと同じか、少し上ぐらいだろうか。

顔立ちは、美しさと妖しい神秘さを併せ持つ端整な造形。

睫《まつげ》毛は長く、形のよい大きな目は閉じられている。薄桃色と純白の髪は編み込まれ、腰元まで伸びている。

服装は、幻想的な黒のドレス。頭にはちょこんとのっけられた王冠。彼女はユーマに覆《おお》い被《かぶ》さるように寝ていたが、透き通るような肌の胸元は大きくはだけられていた。ユーマは慌てて目を逸《そ》らすが、今度はその美貌に魅入られる。

まるで、神様が手ずから創りあげたような完璧なドール。

そんな、悪魔的魅力を持つ少女が――


「……ふがっ……ふごっ、ふがごっ！」


――百年の恋も冷めるようないびきをかきながら、ユーマの上で寝ていた。

よほど楽しい夢でも見ているのだろうか。

見れば、少女はにへらと幸せそうに頬を緩ませていた。

その桜色の唇からは、だらしなく涎《よだれ》を垂らしている。当然、ユーマの服はびしょ濡《ぬ》れだ。

「……えへへ……ご主人様、陸の孤島バラバラ密室予告殺人特急列車だってさ～。きゃっきゃっきゃっ、全部盛りでテンションあがっちゃうね～」前言撤回。まったく楽しそうじゃない。そもそも、どんなシチュエーションなんだ。

しかし。

「な、なんでこんなことに……？」

寝起きの頭のなかで思考が徐々に明瞭になり、目の前の光景の異常性がゆっくりと浸透してくる。

傍《はた》から見れば、不可解な点は多々あるだろう。

一つ取り上げるとすれば、たとえば彼女の頭にくっついている一対《つい》の角。

それが、つくりものではないのは注視すればわかる。

明らかに彼女の頭から生えている――つまり、人間ではない。

とはいえ、ユーマが抱く疑問はその点ではない。

ユーマが懐疑的な声をあげた原因は、あの場所と比較すれば現世とも言えるこの探偵事務所で、彼女が実体化していることだ。

「……い、いったい何がどうなって」

とユーマは考え始め、そしてやめた。

答えなら、考えるよりも聞いた方が早いからだ。

ユーマは名前を呼びながら、恐る恐る軽く揺さぶる。

だが、彼女が起きる気配は一切なかった。

それどころか眠りを妨げられたせいか、寝惚《ねぼ》け眼《まなこ》とともに不機嫌そうにぱちんと手で叩《たた》かれる始末。

……それならば、こっちにだってやりようはある。

「……ふ、ふが……？」

ユーマは心中に残っていた躊躇《ためら》いを捨てると、彼女の鼻を摘まんだ。

途端に悪夢を見ているかのように、彼女は眉をへにょと曲げていやいやと首を振る。

それでも、ユーマは心を鬼にして続ける。

そうして、一秒、二秒……五秒経《た》った頃。

「……ぷ……ぷっふぁ！　ご、ご主人様、何するの！」

彼女はがばっと勢いよく起き上がると、鼻を摘まんでいたユーマの手を振り払った。

「息ができなくて、オレ様ちゃん一瞬あの世が見えちゃったじゃん！　死神なのに！　死神だから死なないけど！」

「いったいどっちなのさ」

「それぐらい苦しかったってこと！　もー、ご主人様はいつからそんなに反抗的になっちゃったの？」

ユーマに馬乗りになったまま、頰を膨らませて不満を露《あら》わにする少女——死《し》に神《がみ》ちゃん。

そう。それこそが彼女の名前だ。

可愛《かわい》らしい見た目からは想像できないが、正真正銘、本物の死神……と、少なくとも彼女は主張している。

だが、ユーマはこれまで数々の事件に遭遇し、解決までの過程で彼女の特異性をはっきりと見ている。彼女が本物の「死神」であるかは不明だが、彼女自身が超常的な力を振えるのは紛れもない事実だ。

一方で、死に神ちゃんは怒りがおさまらないのか唇を尖《とが》らせ、言い放つ。

「いい？　ご主人様はオレ様ちゃんのご主人様だけど、オレ様ちゃんはご主人様の教育係なんだから！　反抗せず、オレ様ちゃんの言うことはちゃーんと聞いてもらわないと！」

「……それ、立場逆転してない？」

「きゃっきゃっきゃっ、オレ様ちゃんに取り憑《つ》かれたんだから、それぐらいは諦めないと！　まあ、オレ様ちゃんにプロポーズしてきたのはご主人様の方からだけどね。あのときのご主人様は熱烈だったなぁ……あんなに、オレ様ちゃんを求めちゃって。ご主人様は忘れてるだろうけど」

にまにま、と。

圧倒的な優位性を確信した笑みとともに、見下ろしてくる死に神ちゃん。

どれもこれも、狂言としか思えない発言。

されど、すべて本当にあったことらしい。

少し前——ユーマはこの死に神ちゃんと出会った。

それも、記憶を失《な》くした状態で。

死に神ちゃんによると、彼女との契約……取り憑かれた代償によって記憶を失ってしまったらしい。

だから、ユーマは記憶を失くす前、自分がどんな人物だったか知らない。

わかっているのは、ユーマが『探偵』であったこと。とある謎を解くために、この探偵事務所があるカナイ区に派遣されたことだ。

死に神ちゃんと一緒に、カナイ区に来てからは様々な事件があった。

たとえば、クギ男による連続殺人事件が起きたり。

たとえば、女学院で事件が起きたり。

そしてたとえば、テロリストたちが関連した事件が起きたせいで街中を巡ることになったり。

そんな凄惨な事件や巧妙に張り巡らされたトリックを、ユーマは死に神ちゃんとともに一つ一つ解いてきた。その過程で、死に神ちゃんという存在を少しずつわかったつもりになっていた。

……はずだったのだが。

「ん？　どうしたの、ご主人様？　困った犬みたいな顔しちゃって」

ユーマが彼女を見つめていると、死に神ちゃんが小首を傾《かし》げた。

だが、少しの間の後、彼女はユーマの視線の意味を察したのか「ああ」と頷《うなず》く。

「ご主人様が気になってるのは、オレ様ちゃんのこれのことでしょ」

言って、死に神ちゃんは偉そうに胸を張ると、とんとんと胸元を叩く。

「なんでオレ様ちゃんに身体《からだ》があるのか――ご主人様はそれを不思議に思ってるんじゃない？　正直さっきから、怪しい視線感じちゃってるしー。ご主人様ってばやらしー」

「べ、別に、み、見てないよ！　……そ、そもそも、死に神ちゃんの身体なんかに興味ないし」

何故か、ぴしり、と石像のように固まる死に神ちゃん。

ユーマとしては意地を多分に含んだ発言だったのだが、彼女にとっては衝撃的だったらしい。

死に神ちゃんは手をわなわなと震わせながら、目を虚《うつ》ろにさせる。

「……そ、そういえば、ご主人様。前もオレ様ちゃんよりも、あのペタンコの胸ばっかりやたら見てたような……」

「み、見てないって！　変なこと言わないでくれる⁉」

「酷《ひど》い、ご主人様！　実体化してるのにまさかのペタンコ好きだなんて！」

「ボク、一言もそんなこと言ってないけど⁉」

「こうなったらぶっキルだ！」

「いったい誰を⁉」

だが、死に神ちゃんには既にユーマの言葉は届いていないようだった。

彼女はユーマの上から飛び退《との》こうとする。

不味《まず》い。このままでは、殺人事件が起きてしまう。

死に神ちゃんが完全にソファから立ち上がってしまう前に、ユーマは慌てて彼女を羽交い締めにする。しかし、死に神ちゃんはその程度じゃ諦めない。

「離して！　はーなーしーてー、ご主人様ぁー！　ていうか、ご主人様はなんで止めようとするの？　もしかしてやっぱり……」

「ち、違うから！」

彼女にじとっとした意味深な半目を向けられ、ユーマは慌てて否定する。

と、そこで。

「あ」

ユーマはあることに気づき、思わず羽交い締めの力を緩めてしまった。

一方で死に神ちゃんはといえば、そのせいで勢い余ってつんのめって床に激突した。厚い絨毯《じゅうたん》が敷かれているとはいえ、痛そうだ。鼻先が赤くなっていた。

「きゅ――急に離すなんて、何するのご主人様！　離してって言ったけど、いきなりは駄目でしょ！」

「いや……よく考えたら、死に神ちゃんを羽交い締めする理由がないなって」

「ペタンコなんて死んでもいいから？」

「ち、違うよ！　そ、そうじゃなくて……キミ、ボクから離れられないじゃないか」

何故《なぜ》失念していたのかは不思議だが、紛れもない事実だ。

ユーマは死に神ちゃんに契約、もとい取り憑かれている。死に神ちゃん曰《いわ》く、そのせいでユーマから離れられないらしい。

もっとも、引きずっていくことはできるのだが。

とはいえ、今の死に神ちゃんは普通の女の子ぐらい非力だ。ユーマも筋骨隆々というわけではないが、今の彼女よりは筋力はある。羽交い締めできたのが、その証拠だ。

ならば、ユーマがこの探偵事務所から移動しなければ、死に神ちゃんは遠くに行けるはずもないのだ。

だが、

「んー、でもご主人様、それはなくなったみたいだよ？」

「え？」

「ほら、もうその距離なんてとっくに離れてるでしょ？」

言われてみれば、彼我の距離は出会ってから一度もないほど大きく取られていた。

さらに、彼女が自らの言葉を証明してみせるが如《ごと》く、後退してみせる。

だが、死に神ちゃんにあわせて、ユーマが引きずられる感覚はない。

あの不思議な力は本当になくなったみたいだ。

「もう、ご主人様そんなクソ雑魚《ざこ》観察力で探偵をやっていけるの？　だから、ずっと見習いなんだよ？」

「う、うるさいなぁ。今日は驚いてばかりでそれどころじゃ……そ、そうだよ！　し、死に神ちゃん、なんで実体化してるの？　時間も止まってないし、謎迷宮はできてないみたいだけど……」

遠回りしてしまったが、ユーマは改めてその話題を口にできた。

これまで死に神ちゃんが実体化するときは、決まって〈謎迷宮〉と呼ばれるあの異界に赴くときだ。

――謎迷宮。

それは、現実世界の謎が具現化された迷宮。それを踏破することで、真実を明らかにできるのだ。

死に神ちゃんと契約することで色々な力を得たり、縛りが生まれたりするのだが、謎迷宮はその最たるものだ。どうやら、記憶を失う前のユーマは、その「真実を追求する力」を使うために彼女と契約したらしいが……。

死に神ちゃん曰く、謎迷宮に行けるほどのフルパワーを出すためには人型にならなければいけないらしい。

だが、彼女が実体化しているにもかかわらず、謎迷宮は現れていない。

付け加えるなら、時間も止まってはいない。謎迷宮に行くときには、あわせて現実世界の時間も止まってしまうというのに。

どう見ても、ここは普段通りの探偵事務所だ。

そんなユーマの言葉に、死に神ちゃんは顎に美しい人差し指を添えて。

「んー。実を言うと、オレ様ちゃんもよくわかってないんだよねー」

「えっ？」

「なんか気づいたら実体化しちゃってたの。何故か元に戻れないし、なぞまるだね！」

「え、そ、それ大丈夫なの？」

「きゃっきゃっきゃっ、どうなんだろうね～。フルパワーがいつでも出せる状態なわけだし、もしかしたらこの街ぐらいは簡単に吹き飛ばせちゃうかも」

「っ」

「あはは、ご主人様ビビりすぎ～。大丈夫だって！　言ったでしょ、フルパワーを出すためにこの姿になる必要があるだけで、その気になればいつでもなれる程度のモードなんだから！」

ま、普段は面倒で滅多にならないから力加減はよくわかってないけど。

そう付け加える死に神ちゃん。

その曖昧な態度に、ユーマは思わず確認してしまう。

「えっと……それなら、死に神《しがみ》ちゃんがフルパワーを出さずに実体化したのっていつ以来なの?」

「えーっと……あれ、いつ以来だろ? 確か、前にやってみたのは……んー? ……ま、細かいことは気にしない気にしない! ご主人様は探偵でしょ? ちょっと理由がわからなくて、街一つ消せるぐらいの力がちょっと制御できてないだけで、狼狽《うろた》えないの!」

「狼狽えるよ、それは!」

そんな状況、探偵であるかどうかなんて関係ない。

しかも、ユーマはただの探偵見習い。怖いに決まっている。

だけれど、死に神ちゃんが距離を取れるようになったことについて、どこか他人事《ひとごと》のように言っていた理由もわかった。

彼女にもこの事態はイレギュラーなのだ。

ただ——死に神ちゃんは気にしていないようだが——人類の一人としては、街一つを消し飛ばせるかもしれない存在が制御もなく闊歩《かっぽ》する状況は何とかしなければいけない……気がする。

とはいえ、この謎を何とかするためには、現状ではあまりにも情報が少ない。

であれば、目下気にするべきことは。

「……ん？　どうしたの、ご主人様？　熱烈な視線なんか送ってきちゃって。あっ、オレ様ちゃんに惚《ほ》れちゃった？　駄目だよ、そんな禁断の主従関係！」

「いや、そうじゃなくて……」

「じゃあ、もしかしてオレ様ちゃんに何かついちゃってる？　なんでだろ、ふわふわじゃなくなったからかなぁ？」

あれ、あれあれ？　と。

死に神ちゃんは尻尾を追いかける犬のようにその場でくるくる回りながら、自分の身体を観察する。彼女の言う通り、すべてが実体化しているみたいだ。

ついでに言うならば、宙に浮けないようでもある。

先程から、死に神ちゃんが空中に漂っている光景を一度たりとも目撃していないからだ。

ユーマのなかで懸念《けねん》が徐々に形を持っていく。

たとえば、「ふわふわ」ではなくなった今、死に神ちゃんは第三者から見えるのだろうか？

だとすれば、死に神ちゃんの扱いはいったいどうすれば――

と。

ユーマがそこまで思案を巡らせたところで。

「うぎゃっ！」

と悲鳴をあげながら、死に神ちゃんが勢いよくユーマに倒れかかってきた。

どうやら、回転しているうちに、ヒールでドレスの端っこを踏んづけてしまったらしい。

それは、まだ実体化したばかりで、感覚がうまく摑《つか》めてないせいもあったかもしれない。

いずれにせよ、死に神ちゃんに押し倒され、ユーマは床に頭を思いっきりぶつける。

ちかちかと明滅する視界。

だが、運の悪さはその程度では留まらなかった。

「おーい！　今すごい音したけど大丈夫か？　朝っぱらから何してるんだよ、ユーマ……って」

ガコン、と重い音が響き渡るとともに開けられる扉。

扉の向こうに立っていたのは、青髪のくたびれた男だった。

手には、カナイ区でも有名な肉まん。おそらくだが、ユーマの目が覚める前に、外に買いに行っていたのだろう。

もちろん、ユーマはこの男のことは知っていた。

――ヤコウ＝フーリオ。

カナイ区生まれカナイ区育ちの探偵。そしてこの探偵事務所の所長でもある。

死に神ちゃんがたてた物音にびっくりして、来てくれたのだろう。

しかし、扉を開けたヤコウの心配が霧散したのは、彼の目を見れば明らかだった。

何故なら、ユーマは死に神ちゃん（転《こ》けて、やや扇情的になったドレス）に押し倒されていて。それが、どんな光景に見えるかは、優秀な探偵ではなくとも導き出すことができたからだ。

「……おいおい、ユーマ。お前が自由に使える場所がここだけだからって、探偵事務所をこんな風に使うのはさすがに……」

「所長⁉　ち、違いますからね！　これにはちょっと事情があって――」

「ご主人様～、服がひっかかって起きられないよ～」

「ご主人様って呼ばせてる時点で、事情なんてわかるだろ」

「ほんと違いますから！」

朝の探偵事務所のなか、ユーマは全力で叫ぶ。

期せずして、死に神ちゃんが第三者から見えるとわかったことだけが収穫だった。

「……つまり、こう言いたいんだな。記憶を失ったあのお嬢さんを外で見つけて、行くあてがなさそうだったから連れてきた……と」

「………はい」

夜行《やこう》探偵事務所。

事務所の端っこで、ユーマはヤコウと二人で話していた。

少し離れたところでは、死に神ちゃんがソファの上で膨れっ面《つら》で座っていた。

言葉こそ発していないものの、言わんとしていることは表情でわかる。「オレ様ちゃんに内緒話なんて！」といったところだろう。

あれから。

当然のように、ユーマはヤコウに状況を問《と》い質《ただ》されていた。

ヤコウからしてみれば、外に肉まんを買いに行っている間に、見知らぬ女の子が増えていたのだ。気にするな、という方が無理な話だろう。

対して、ユーマが答えたのは「記憶を失《な》くした女の子を拾った」という苦し紛れの言い訳。おそらく、自分自身が記憶喪失だからこそ、頭に最初に浮かんできたのだと思う。

だが、自分の境遇に重ね合わせたことが功を奏したらしい。

ヤコウは乱雑に髪を揉《も》みくちゃにし、諦観したかのような溜息《ためいき》をつく。

「……まあ、ユーマも記憶喪失だからな。大方、それで放っておけなかったんだろ？」

「は、はい、そうなんです！」

一方で、ユーマたちの会話の断片でも聞こえたのか、死に神ちゃんはじろりと不満そうに視線を放ってくる。「オレ様ちゃん、記憶喪失じゃないのに」とでも言いたげだ。

「はぁ……まったく探偵は面倒事に巻き込まれやすいとはいえ、またか」

「すみません……」

「その反省が次に生かされればいいんだけどな。お前たちはとんだ問題児ばかりだからなぁ」

「それも、すみません……」

「ただ……もしかしたら、今回はお手柄かもしれないけどな」

「え？」

意味深げなヤコウの台詞《せりふ》。

されど、ユーマが顔をあげたときには、ヤコウは肉まんの最後の一欠片《かけら》を口に押し込みながら背を向けているところだった。

そのまま、くたびれた様子でキッチンへ。

喉でも渇いたのだろうか？

だけれど、これはチャンスだった。

その隙に、ユーマはそろそろと死に神ちゃんに近づく。彼女に釘《くぎ》を刺すためだ。

「……ねぇ、死に神ちゃんは大人しくしててよ。ここはボクに任せてくれれば……って、え？」

と、そこで。

ユーマはあることに気づいて目を奪われた。

死に神ちゃんの頭。そこには、相も変わらず可愛《かわい》らしい角があったからだ。

……いや。正確に言うならば、角があること自体は問題ない。

だが、どうしてヤコウはそれを指摘しなかったのか。

ユーマが首を捻《ひね》っていると、死に神ちゃんはそんな疑問を察したように。

「ん、この角のこと？　その顔の感じだと……ご主人様は、モジャモジャが角に突っ込まなかったことが気になってるの？」

「あ、う、うん。そうなんだけど……」

「それなら、モジャモジャが部屋に入ったときから、オレ様ちゃんの力で見えないように隠しちゃったよ？ 見られると面倒だからね！」

「……死に神ちゃん、そんなことできたの？」

「ご主人様、オレ様ちゃんを誰だと思ってるの？ 神様だよ、神様。そんなの全然余裕ー……って、ほんとは言いたいんだけどね。これは偶然かな。なんか、今は力が上手《うま》く制御できないし」

なんでだろ？ と首をかしげながら、角がなくなったはずの頭を撫《な》でる死に神ちゃん。

どうやら不思議な力は使えるようだが、不安定ということだろうか。そういう話を聞くと、いつ暴発するか不安にはなってしまうのだが。

「で、ご主人様はオレ様ちゃんにそんなことを聞きにきたの？」

こちらの意図を見透かしているかのように、顔を覗《のぞ》き込んでくる死に神ちゃん。

その言葉で、ユーマは本来の目的を思い出す。

「そ、そうだ。死に神ちゃんに言いにきたのは、キミは大人しくしててってこと。ボクが何とかするから」

「ご主人様に任せてたら、余計に変なことになりそうだけどねー。今だって、オレ様ちゃんとの関係を隠そうとしてるみたいだし？ これから、浮気《うわき》する予定なの？ だから、隠そうとしてるの？」

「言ったら絶対に拗《こじ》れるからだよ！」

ユーマはヤコウに聞こえないように小声ながらも、全力で突っ込んだ。

だが、死《し》に神《がみ》ちゃんは納得していなさそうだった。

膨れっ面のまま、ぶうぶう文句を口にする。

「でも、やっぱりご主人様に任せるのはなー。ご主人様、嘘《うそ》ついたらすぐに顔に出そうだし」

「じゃあ、どうしろって言うのさ……」

「もちろん、オレ様ちゃんに任せて！　何を隠そう、オレ様ちゃん嘘をつくのは得意だから！」

「……ほんと？　死に神ちゃんこそ、すぐ顔に出そうだけど」

「オレ様ちゃん、死神属性あるんだよ？　人間を騙《だま》すぐらい朝飯前だってば！　試しに嘘をついてあげてもいいけど？」

「嘘ってそういうものじゃないと思うけど……」

「ご主人様って意外と格好いいよね」

「それ、どういう意味⁉」

ユーマは問い質すが、死に神ちゃんはけらけらと笑うばかりで答えてくれなかった。

だが、死に神ちゃんの言う通り、ユーマは誰かを騙すことに向いてはいない。

はぁ、と息を吐き出すと、ユーマは内心で覚悟を決める。

「……わかったよ。なら、死に神ちゃんに任せる。でも、絶対に余計なこと言わないでよ」

「もー、ご主人様は心配性なんだから。ご主人様は、オレ様ちゃんが悪戯《いたずら》で変なことを言うとでも思ってるの？」

「思うから言ってるんだけど」

ユーマは彼女に呆《あき》れたような視線を向ける。

死に神ちゃんはといえば「しくしく。オレ様ちゃん、信用なさすぎじゃない？」と泣《な》き真似《まね》をしていた。もちろん、ユーマはそんな演技では騙されない。

だが、それ以上、ユーマは彼女に念押しをすることはできなかった。

ヤコウがキッチンから戻ってきて、死に神ちゃんとの会話を中断せざるを得なかったからだ。

「悪い、話の途中で席を外しちまった。で、話を戻すが……ユーマはオレが外出している間にそのお嬢さんを連れてきたんだよな？　いったいどの辺りで……いや、その前にお嬢さんお名前は？　覚えてる？」

ヤコウの後半の問いかけは、死に神ちゃんへのそれだった。

ぴっ、と死に神ちゃんは元気よく手を挙げる。

「はいはーい！　オレ様ちゃん、名前覚えてるよ！　オレ様ちゃんのことは死に神ちゃんって呼んでね！」

「お、オレ様……えっ、し、死に神ちゃん？」

「うん、死に神ちゃん」

「えっと……失礼な質問になるけど、それ本名？」

「当たり前でしょ！　オレ様ちゃん、こんなときに冗談を言う性格に見える？」

見える。

とは、さすがのユーマも口にはしなかった。

対して、ヤコウはあからさまに困惑していた。

それは、それがあからさまに偽名に思えたからか、それとも死に神ちゃんのテンションの高さ故か。

ヤコウは表情を戻すと質問を続ける。

「そ、そっか。じゃあ、死に神ちゃん。次の質問だけど、キミはどこで倒れてたんだ？」

「うーん、オレ様ちゃんよく覚えてないんだよね。この近くだった気がするけど」

「なら、キミが覚えてる最初の記憶は？」

「もちろん、ご主人様に出会ったとき！　ね、ご主人様？」

死に神ちゃんから話を振られ、ユーマは慌てて頷《うなず》く。

意外にも、死に神ちゃんはヤコウの質問をのらりくらり躱《かわ》していた。

その後も、ヤコウからの質問は続くが、死に神ちゃんのテキトーさと記憶喪失という設定が相まってか奇跡的にボロを出さなかった。ヤコウも時折怪訝《けげん》な顔つきになるものの、深く突っ込んでくることはない。

これは……ひょっとしたら上手く乗り切れるのだろうか。

ユーマのなかで、そんな期待が膨らんできたそのとき。

「じゃあ、最後になるけど……どうして、キミはユーマのことをご主人様って呼んでるんだ？」

きっと、ヤコウのなかでは大した疑問ではないのだろう。

何気なく、ただの興味本位のように訊《たず》ねてくる。

されど、ユーマにとっては致命的な質問だった。

何故《なぜ》なら、下手に答えれば、死に神ちゃんが口にしてきた嘘がすべてバレてしまう可能性もあるからだ。

とはいえ、今の死に神ちゃんならきっと大丈夫だろう。

お願い、死に神ちゃん！

ユーマは内心で祈りを捧《ささ》げ――

そして、死に神ちゃんは元気よく満面の笑みで言う。

「それはもちろん――オレ様ちゃんはご主人様のお嫁さんだから！　ご主人様とは永遠に運命を育むって約束しちゃったし？　キセキの出会いしちゃったし？　それなら、オレ様ちゃん、実質お嫁さんだよね！　ね、ご主人様？」

ユーマは泣きそうな顔で天を仰いだ。

この後、事態を収拾するのにめちゃくちゃ苦労した。


「なんで、あんなこと言ったのさ⁉」

事態を何とか収拾した後。ユーマは死に神ちゃんに向かって全力で叫んだ。

ユーマたちは探偵事務所から出て、潜水艦が泊められている河川敷《かせんじき》沿いの廃墟《はいきょ》ビルで雨宿りをしていた。

外に出ているのは、ヤコウにお客さんがきたからだ。

どうやら依頼者らしい。小太りで、小綺麗《こぎれい》にしたおじさんだった。手首につけられた金ピカの時計から考えると、それなりに裕福なのだろうか。

ユーマは見習いであるものの、一応探偵だ。

依頼者の話を聞きたい気持ちもあったが、今は死に神ちゃんへの叱責が優先だった。

だからこそ、ユーマは死に神ちゃんを連れて探偵事務所の外に出ていたのだが。

死に神ちゃんはといえば、さして気にした様子もなくけろっと。

「オレ様ちゃんも、最初はご主人様の言う通りにするつもりだったよ？　でも……」

「でも、なんなの？」

「なんかあんまり順調だとつまらないなーと思って。どう？　びっくりした？　オレ様ちゃんのドッキリ」

「心臓が止まるかと思ったよ！」

「きゃっきゃっきゃっ、大成功だ！　やっぱりご主人様は困った顔が一番似合ってるね！」

楽しそうに笑う死に神ちゃん。

叱責するつもりだったが、この姿を見ているとだんだんと虚《むな》しくなってくる。

果たして、死に神ちゃんを叱ったところで意味があるのだろうか……。

「でも、オレ様ちゃんだって不満はあるよ？　なんでご主人様は否定したの？　死が二人を分かつまで――ううん、死んでもずっと一緒にいるって約束したのに！」

結局、あの事態は死に神ちゃんの狂言ということで決着していた。

どうやら、記憶を失っているせいで混乱しているのだろうと。ユーマが慌ててそう説明したのだ。

それで、ヤコウも何とか納得してくれたのだが。

「……それとも、もしかしてご主人様はオレ様ちゃんがお嫁さんだと嫌なの？」

そこだけ、何故か不安そうに顔色を窺《うかが》ってくる死に神ちゃん。

死に神ちゃんらしくない、しおらしい振る舞い。

それにユーマは心が摑《つか》まれ、思わず反射的に否定しようとし――

――死に神ちゃんがにんまりと笑顔をつくったことで、自分が騙されたことを知った。

「きゃっきゃっきゃっ、ご主人様まんざらでもなさそうだね！　本当にオレ様ちゃんがお嫁さんになってあげようか？　新婚旅行は密室殺人ツアーだよ！」

「……はぁ、心配して損したよ」

ユーマはどっと疲れたような感覚を吐き出すように溜息《ためいき》をついた。

もう、死に神《しがみ》ちゃんには振り回されっぱなしだ。

記憶喪失のため、彼女との契約内容は知らないが……もしかしたら、死に神ちゃんには永遠に翻弄される運命なのかもしれない。

ユーマは顔をあげる。

すると、視界に映ったのはカナイ区の変わらぬ光景だった。

空を埋め尽くす、厚い鈍色《にびいろ》の雲。

雨が途切れることなく降るその様は、嫌でも心を鬱屈とさせる。このカナイ区にはもう三年間も雨が降り続け、住民たちはずっと陽の光を見ていないらしい。

さらに遠くを見つめれば、アマテラス社の高層ビルが街を見下ろすように鎮座していた。街には降り続ける雨対策か排水パイプが張り巡らされ、ユーマたちの目の前の河川に流れ込んでいる。

これが、ユーマのカナイ区での日常の光景だった。

とはいえ、今は死に神ちゃんが実体化しているので、それだけがいつもと違う点なのだけれども。

何故、死に神ちゃんは実体化してしまったのか。

もしかしたら、これもカナイ区の謎に関係あるのだろうか。

そんな超常現象に近い謎を、探偵見習いでしかないユーマに解明できるのか……。

「もー、その顔。ご主人様、また心のなかでポエム読んでるの？」

「よ、読んでないよ！　というか、死に神ちゃんはいつもいつも――」

と言いかけて、ユーマは不意に違和感を覚える。

今、死に神ちゃんは何か変なことを言ってなかっただろうか？

ユーマはその違和感を突き止めようと、思考を巡らせ――

だが、それを言葉にする前に、近くに停泊している潜水艦のハッチがあけられた。中から出てきたのは、ヤコウと依頼者のおじさんだ。

「おっ、お前たちこんなところにいたのか。それなら、話をきいてくれてもよかったんだけどなぁ」

「す、すみません、死に神ちゃんと少し話をしたくて……って、死に神ちゃんもですか？」

ユーマは不思議に思い、ヤコウに問いかける。

だが、最初に反応が返ってきたのは、死に神ちゃんからだった。

死に神ちゃんは、むぅと怒りの表情を向けてくる。

「ご主人様、それどういう意味？　なんでオレ様ちゃんがいちゃ駄目なの？　はっ、さては、オレ様ちゃんに隠れて殺人事件を楽しむつもり⁉」

「そんなもの、一度だって楽しんだつもりはないよ。だいたい依頼者がきたからといっても、殺人事件とは限らないでしょ」

「えー、殺人がない事件なんてつまんなーい。なら、オレ様ちゃんいいや。ご主人様ひとりで行ってきてー」

「勝手なこと言って……」

ユーマは呆《あき》れながら言う。

だが、ユーマの質問の真意としては、別に死に神ちゃんを仲間外れにしたいわけではない。単に、今の死に神ちゃんが部外者扱いだからだ。

これまで、死に神ちゃんはユーマと一緒に事件を解いている。

だが、ヤコウたちは死に神ちゃんの存在を知らない。

関係ない一般人にすぎないのだ。

だからこそ、ヤコウが死に神ちゃんの同席の許可も出したのが不思議だったのだが。

　そんなユーマの質問に、ヤコウは答える。

「それがな……もしかしたら、死に神ちゃんも無関係じゃないかもしれないんだ」

「無関係じゃないって……そういえば、さっきも変なことを言ってましたね」

——ただ……もしかしたら、今回はお手柄かもしれないけどな。

　ヤコウの謎めいた言葉。

　あのときは意味がわからなかったが、ひょっとしてあの時点で、ヤコウは依頼者からの依頼内容を把握していたのだろうか。そして、死に神ちゃんが関連していると推測していたのかもしれない。

「……いったい、何があったんですか？」

「まあ、色々とあるんだけどな……」

　ヤコウはがしがしと頭を掻《か》きながら、真剣な表情で言う。

「アリマ地区の住人が一斉に消えたんだよ。一人残らずな」


　数分後。

　ユーマたちは依頼者を見送った後、再び探偵事務所に戻っていた。

ソファに座り、依頼者からの話を整理する。

死に神ちゃんも事件とあってか、興味津々《きょうみしんしん》に目を輝かせていた。

「えっと、アリマ地区の住人が消えたから調査してほしいっていう依頼がきたのは理解したんですけど……それ本当なんですか？　というか、そもそもアリマ地区ってどこでしたっけ？」

「あー、ユーマは一回も行ったことがなかったか」

「はいはーい、オレ様ちゃんも知らないー」

「……まあ、キミは記憶喪失だからね」

呆れたように言って、ヤコウは語り出す。

「アリマ地区はいいところだよ。何の変哲もない街だけど、自然に溢《あふ》れる場所だったからなぁ」

「だった？」

「三年前からの雨で生態系がめっちゃくちゃになったんだよ。それから、住人が減り始めてな。今では、名前もわからない鬱蒼《うっそう》とした草木が生えて、ちょっとしたホラースポットだよ。……まあ、このカナイ区はそんなところばっかだけど」

「そんな場所で、住人が全員消えたんですね……」

「そうだ。住人は減りつつあったが、静かな住宅街もあって一定の人数はいたはずなんだ。昨日まではな」

「でも、一斉に消えるなんて……そんなこと有り得るんですか？」

このカナイ区は鎖国されている。

出入りすることすら、そう簡単にはできない。

たった数名の探偵たちが、カナイ区に入るのにさえ苦労したのだ。

そして、その結果は言うまでもない。

だというのに、街一つ分の人数が消えてしまうなんて……。

「きゃっきゃっきゃっ、大事件の気配がするね！　もしかしたら、みーんなバラバラにしちゃって川に投げたんじゃない？」

「そんな不吉なこと言わないでよ！　その可能性がまったくないとは言えないけど……」

「街一つ分の住人全員をか？　さすがにそんなことしたら、途中で誰か気づいてるよ」

ヤコウは険しい顔で、死に神ちゃんの案を否定する。

「それに、アリマ地区の住宅には争った形跡はないようだから、その線は薄いだろうな。まるで神隠しにあったみたいらしい」

「そんなことが……」

「オレ様ちゃん、そういう怖い話は駄目ー！　オレ様ちゃん神様だけど！　隠す側だけど！」

　両手で両耳を押さえ、震えて縮こまる死に神ちゃん。

　とはいえ、ヤコウはこれも狂言と思ってるのか、生暖かい目で見るだけで相手にはしない。

「でも……それが、なんで死に神ちゃんに関係あるんですか？」

「そうそう！　なんで、オレ様ちゃんに関係あるの？　オレ様ちゃんやってないよ！」

「いや……別に何か確証があるわけじゃないんだけどな。ただ、神隠しと同時期に、記憶喪失の女の子が現れた……ただの偶然とは思えないだろ？」

　いえ、ただの偶然です。

　と正面切って言うのは、さすがに憚《はばか》られた。

　なにせ、死に神ちゃんの記憶喪失は嘘《うそ》なのだ。関係あるはずもない。

　だが、一方で、死に神ちゃんの実体化には関係がある可能性はある。

「……所長は依頼を受けるつもりなんですか？」

「せっかく頼ってくれたんだ。受けるつもりだよ。こんな大事件を放っておくわけにもいかないしな。ただ、他の超探偵の手が借りられないのが痛いな……」

「借りられないって……どうしてですか？」

「他にも抱えてる事件があるからだよ」

ユーマの問いに対するヤコウの回答は、シンプルだった。

「ここ数時間で、あまりにもあちこちで事件が起きてな。人手が足りてないんだよ。基本的な依頼は、オレができるだけやってるけど、こうも同時多発的に起きると何か根本的な原因がありそうだろ？　超探偵たちにはそっちを調査してもらってるんだ。それに、世界探偵機構へ連絡も取れないときた……まあ、そっちは度々起きることだが、こうも立て続けに起きると色々疑いたくなるだろ？」

「ボクが寝ている間にそんなことが……」

「きゃっきゃっきゃっ！　さすがカナイ区だね！　てんこ盛りだね！　テンションあがってきたー！」

「いや、テンションあげられても困るんだが……」

ヤコウは困惑したように突っ込むが、死に神ちゃんは歓声をあげながら小躍りしている。

ヤコウの言葉なんて話半分にしか聞いてないだろう。

そんな死に神ちゃんから視線を離すと、ヤコウは頭を掻きながら。

「しっかし、このタイミングで世界探偵機構に連絡取れないのは致命的だな。超探偵をもう一人寄越して欲しいと駄目元で伝えてるんだが……届いてるかどうかもわかんねぇし。こうなったら、オレが直接世界探偵機構に乗り込んでナンバー1に直談判《じかだんぱん》するしかないか？」

「え、そんなことができるんですか？」

ユーマが驚いて訊《たず》ねると、ヤコウは疲れ切った笑みを向けてきた。

みなまで言うな、と顔が物語っている。どうやら、冗談らしい。

「はぁ……ったく、ユーマには彼女の相手をしてもらわなきゃいけないし、いったいどうしたもんか」

「なら、オレ様ちゃんたちに任せてよ！」

「え？」

ヤコウが驚いた声とともに振り向く。

すると、そこでは、死に神ちゃんがぴっと手を挙げて立っていた。

「いや、キミに任せろって言われても……」

「正確にはご主人様に、だけどね！　ご主人様はオレ様ちゃんの相手をする予定なんでしょ？　なら、オレ様ちゃんも調査に加われば、ご主人様も事件の調査ができて効率爆上がり！　オレ様ちゃん、あったまいいー！」

「いやいやいや！　ユ、ユーマはともかく、素人《しろうと》のキミにそんなことさせるわけにはいかないだろ！」

「でも、オレ様ちゃんの記憶喪失と失踪事件は何か関係あるかも！　それなら、事件の調査をしているうちに記憶を思い出すこともあるかもよ？　そうしたら、それがヒントに事件もばばっと解決！　一石二鳥だね！」

「その可能性は否定しないが……」

ヤコウの目は、突如降ってきた案に揺れていた。

実際には、死に神ちゃんの記憶喪失と失踪事件は関連はない。

だが、死に神ちゃんが――彼女に言わせるならば――こんな楽しそうな事件を見逃すはずもないのだ。

「いい？　モジャモジャ頭」

「モジャモジャ頭？　え、オレのこと!?」

「そう！　モジャモジャは一人しかいないでしょ！」

死に神ちゃんは持ち前の強引さとともに、ヤコウに語りかける。

「モジャモジャ頭は、この事件は終わったと思ってるかもしれないけど、まだ続いてる可能性もあるんだよ？　もし本当にそうなら、このまま見過ごすと、どんどん人が消えていって最後はオレ様ちゃん一人に……きゃー、こわい！」

「なんで、自分で言ってて自分で怖がってるのさ……」

「でも、そんなことになれば探偵の名は地に落ちちゃうね！　探偵失格だね！」

きゃっきゃっきゃっ、と笑う死に神ちゃん。

だが、死に神ちゃんが言うことはあながち的外れでもない。

このカナイ区の権力者たるアマテラス社は、頼りにならない。

であれば、そんな事件をまともに取り合うのはやはり探偵しかいないのだ。

ヤコウも、それはわかっていたのか。

首を縦に振るのにそう長い時間はかからなかった。

そうして、ユーマと死に神ちゃんは調査を開始する——


……はずだったのだが。


「むきー、あのモジャモジャ頭！　こんなの雑用じゃん！」

「……まあ、そんなところだとは思ったけどね」

夕暮れ。

ユーマたちはアリマ地区すぐそばの古びた屋敷《やしき》で掃除をしていた。

元々、空き家だったらしいこの家は住むのには十分な広さだが、手入れがあまりなされていなかった。家主の言葉では、四半期に一回様子を見にくる程度だったらしい。

そんな住居を何故《なぜ》掃除しているかというと、

「あのモジャモジャ……！　オレ様ちゃんたちの調査を認めておきながら、掃除をさせるなんてどういう了見なの⁉」

「張り込みのため、でしょ。この屋敷からアリマ地区をずっと見張って、何か不審なことが起これば知らせる。この張り込みに使う屋敷はちょっと汚れてるから掃除しておいてくれ。ヤコウ所長はそう言ってたけど？」

「ご主人様は本当にそんなこと信じてるの？　こんなの絶対、体《てい》よく追い払っただけでしょ！」

まあ、それはそうだろう。

というか、そもそもユーマは、ヤコウが本当に死に神ちゃんに事件を調査させるとは思っていない。

だからこそ、あの場では何も口を挟まなかったのだ。

この張り込み任務を命じたとき、ヤコウはこうも言ってた。

――死に神ちゃんのことだが、一回連れてきた以上、解決するまではうちで面倒を見なきゃいけないだろ？

――ユーマも知ってるだろうが、世界探偵機構からはユーマのホテル代も貰《もら》えてない。とはいえ、あの子に探偵事務所にずっと居候《いそうろう》してもらうわけにもいかない……。

――だから、張り込みとあわせて屋敷であの子と一緒に住んでもらえないか？

――いやぁ、運が良かったなユーマ。依頼人はちょうど不動産業もやっていて、張り込みのためなら使わせてくれるってさ。アリマ地区の近くに住んでて不安だったみたいでさ。ユーマも前から事務所は嫌だって言ってただろ？

ということらしかった。

それからはあれよあれよという間に、屋敷の場所を教えてもらい、案内され、言われるがままに掃除をし――今に至るというわけだった。

正直、ユーマも今回の張り込みに意味があるかはわかっていない。

もちろん犯人は犯行現場に戻る、という心理があるため、まったくの無意味でもないんだろうが……。

つまり、基本は死に神ちゃんの一時的な住居のため。

張り込みは死に神ちゃんの溜飲《りゅういん》を下げるのが目的で、おまけなのだろう。

ただ、

「オレ様ちゃん、この屈辱は忘れないから！　ご主人様、オレ様ちゃんたちで絶対にこの謎を解明しようね！」

この調子なので、溜飲を下げられたかは謎だが。

「でも、謎か……」

「どうしたの、ご主人様？　大規模失踪なんて刺激的な謎、嬉《うれ》しすぎてウンコ漏れそう？」

「そんなわけないでしょ……死に神ちゃんじゃあるまいし」

「オレ様ちゃんそんなことしたことないよ⁉　やめてよ！　オレ様ちゃんの可愛《かわい》いイメージが台無しになったらどーすんの！」

死に神ちゃんが叫んで否定してくるが、最初に似たようなことを言ってきたのは彼女ではなかっただろうか。随分と前のことだが。

「じゃあ、なんでご主人様は悩んでるっぽいの？」

「それは……ヤコウ所長があちこちで事件が起きてるって言ってたよね。それを思うと何だか嫌でさ。事件は起きないのが一番だし……」

これまで、ユーマはカナイ区で幾つもの殺人事件を見てきた。

その過程では、凄惨な死体を見ることだってあった。

今、カナイ区では事件が何故かあちこちで起きているらしい。

殺人事件がその中に含まれているかはわからない。カナイ区だから、とも思えば今更驚くこともない。だが、人が殺されているかもしれない、という可能性はやはり気持ちいいものではない。

「えー、ご主人様、探偵のくせに何言ってんの？　探偵なんて事件が起きなきゃ、何の役にも立たないのに。失業しちゃうよ？　浮気《うわき》調査とか迷子の猫探しぐらいしか、仕事なくなるよ？」

「それぐらいがちょうどいいよ」

ユーマがそう言うと、死に神ちゃんは不満げに唸《うな》った。

まあ、謎が大好きな死に神ちゃんからすればそれが当然の反応だろう。

「それより、死に神ちゃん。ちゃんと掃除をしてよ。さっきから、ボクしかやってないんだけど」

屋敷の構造は、二階建てで六部屋ほどあった。

そのすべてを今日中に掃除するのは無理なので、使うところだけ絞って掃除をしている。

キッチン、バスルーム、そして個室を二部屋だ、だが、死に神ちゃんがサボっているせいでほとんど進んでない。

精々、個室を一つ分ぐらいだ。

「えー、オレ様ちゃんもう疲れたー。なんかずっと空も飛べないしー」

「でも、まだ一部屋しか掃除できてないでしょ。このままだと、夜寝る場所もないよ」

「じゃあ、これオレ様ちゃんのー！」

ぽすん、と。死に神ちゃんは掃除したばかりのベッドを占拠する。

死に神ちゃんはベッドの上で乾いたばかりの布団《ふとん》に包《くる》まりながら、ごろごろ転がる。

「ご主人様、布団ふわふわだよ？　身体《からだ》ができて嫌なことばっかだったけど、このふわふわを味わえるのはいいことだね！」

「はぁ……まったくもう……」

「でも、オレ様ちゃんなんでふわふわじゃなくなったんだろー。他にも変なことたくさんあるし」

そう、その通りだ。

今日一日、色んなことに驚かされっぱなしだ。

死に神ちゃんの実体化、アリマ地区の失踪事件、カナイ区各地で多発する事件、連絡が取れなくなった世界探偵機構。情報が溢《あふ》れ、目まぐるしい一日だった。

だが。

それらの中の一つは、もう解明している。

「ところでさ、死に神ちゃんに聞きたいことがあるんだけど」

ベッドに寝っ転がっている死に神ちゃんに視線を放り、ユーマは努めて何気なく言う。

「――なんで、ボクとの契約が解除されてるの？　なんで死に神ちゃんはそれを知らないフリをしてるの？　少なくともキミは気づいているはずなのに」

「…………うぇ？」

ユーマの言葉に、死に神ちゃんは固まっていた。

今まで見たことがない引き攣《つ》った笑顔。

しかし、死に神ちゃんはすぐさま硬直から復帰すると、いつもの態度で。

「ご、ご主人様、何言ってるの？　な、なんでそんな風に思ったの？」

訂正。いつもの態度ではなかった。めちゃくちゃ目が泳いでいた。

嘘《うそ》が得意なんて言っていたが、とてもそうには思えない。

それか、単純に不意をついたせいかもしれない。

だが、彼女の反応から察するに、

「……その反応、やっぱりそうなんだね」

「さーっ！　ご主人様のくせにオレ様ちゃんにカマをかけたの⁉　へっぽこ探偵のくせに！」

「そのへっぽこ探偵でもわかるぐらい、わかりやすかったってことだよ。推測でしかなかったから不安だったけど」

よかった、死に神《しがみ》ちゃんがわかりやすい反応をしてくれて。

一方で、死に神ちゃんも自分の失態を悟ったのか、一転して拗《す》ねるような顔を向けてくる。

「……ご主人様はどこで気づいたの？」

「さっきも言ったけど、推測……ううん、妄想の類だけどそれでもよかったら」

言って、ユーマは己の考えを口にする。

「まず、きっかけはやっぱり死に神ちゃんと距離が取れたときかな」

「オレ様ちゃんに指摘されるまで気づかなかったのに？」

「それは、まあそうだね。だから、きっかけ程度かな」

「じゃあ、気づいたのは？」

「死に神ちゃんがこう言ってたときかな」

──もー、その顔。ご主人様、また心のなかでポエム読んでるの？

「…………あ」

ユーマが指摘したことであっさりとわかってしまったのか、死に神ちゃんはじとっとした半目をつくる。

「そ、そんなの全然たいしたことないじゃん！　その程度の推理で、ご主人様はドヤ顔してたの？」

「ドヤ顔はしてないよ！」

ユーマは叫んで抗議する。

だが、たいしたことではないのは事実だ。

死に神ちゃんと契約した結果、幾つかの力を得られ、縛りが生まれてしまう。

たとえば、謎迷宮の顕現。

たとえば、死に神ちゃんとの距離の制約。

そしてたとえば、死に神ちゃんと心の中で会話できるということ。

契約がある状態であれば、死に神ちゃんはユーマの心の中を覗《のぞ》ける。

であれば、あのとき「顔」について言及する必要はないのだ。

死に神ちゃんならば、表情を読むまでもなく、ユーマの心を読めるのだから。

それ以外にも、今日一日、死に神ちゃんがユーマの心を読んだことは一度だってない。

だとしても、契約の解除までは論理の飛躍かもしれない。

契約は解除されておらず、距離の制約がなくなり、死に神ちゃんがユーマの心を読めなくなっただけかもしれない。

でも、ユーマにとってはそれは契約の解除と同義だ。

もちろん、謎迷宮の顕現ができるかは大事だが、積極的に試したいとも思わない。あんなところ、好き好んで行きたい場所でもない。

だからこそ、最後の詰めで、死に神ちゃんにカマをかけてみたのだが。

結果は、ユーマの推測通りだった。

「……オレ様ちゃんもよくわかってないんだよね」

ユーマが自身の考えを披露したあと、死に神ちゃんはぽつりと呟《つぶや》く。

「でも、ご主人様の心の中が覗けなくなったのはほんと。最初は調子が悪いのかなーと思ってたけど、違ったね。ご主人様の言う通り契約が本当になくなったみたい」

きゃっきゃっきゃっ、と死に神ちゃんがいつもの笑い声を響かせる。

だが、その声にはどこか元気がないように感じられた。

「なんで、すぐに教えてくれなかったの？」

死に神ちゃんが気づいたタイミングは、きっと早かったはずだ。

だけれど、死に神ちゃんは今の今まで黙っていた。

何かしらの意図があると考えるのが自然だろう。

ユーマの問いに、死に神ちゃんはベッドに転がったまま天井を眺める。

その綺麗《きれい》な瞳は、どこか遠くを見つめていた。

「ねぇ、オレ様ちゃんとご主人様は謎を解くために契約しただけの関係でしょ？　じゃないと、ご主人様みたいなへっぽこ探偵がオレ様ちゃんと一緒にいる理由がないもんね」

「……何が言いたいの？」

「当たり前のことも忘れてるご主人様のために、改めて言ってあげてるの！　でも、そうでしょ？　オレ様ちゃんとご主人様は所詮それだけの関係でしょ？」

「どうしたの、死に神ちゃん？　いつもは永遠の関係とか、恩着せがましく言ってくるくせに」

「じゃあ」

言って、死に神ちゃんはごろっと横向きに転がってこちらに視線を向けた。

彼女の手がぎゅっと布団の端を握りしめる。不安そうな瞳。ぞっとするほど綺麗な目に惹《ひ》き込まれそうになる。

そして、長い睫毛《まつげ》を瞬《また》かせ、死に神ちゃんはそっと消え入るような声で囁《ささや》く。

「――じゃあ、契約がなくなっても、ご主人様はオレ様ちゃんといてくれる？」

ああ。

わかっている、これは罠《わな》だ。

悪戯《いたずら》好きな神様による卑劣な罠だ。

どうせ、これは演技で、まともに答えれば揶揄《からか》われるに決まってる。

……でも、そういえば。

今日一日、死に神ちゃんはユーマとの繋《つな》がりをやたらと強調していた。

――今だって、オレ様ちゃんとの関係を隠そうとしてるみたいだし？　これから、浮気する予定なの？　だから、隠そうとしてるの？

──それはもちろん──オレ様ちゃんはご主人様のお嫁さんだから！　ご主人様とは永遠に運命を育むって約束しちゃったし？　キセキの出会いしちゃったし？　それなら、オレ様ちゃん、実質お嫁さんだよね！　ね、ご主人様？

死に神ちゃんはユーマの心を読めていたが、ユーマには死に神ちゃんの心が一度だって読めたことがない。

神様の心は、人間にはわからない。

でも、ユーマの推測通りならば？

契約がなくなったのを知ったからこそ、死に神ちゃんがそう言っていたとしたら。

その可能性が少しでもあるならば、ユーマは真剣に向き合うしかない。

たとえ、これが罠とわかっていても。

「……記憶を失う前のボクがなんでキミと契約したのかはわからない」

ユーマは死に神ちゃんに向き直ると、心の中の考えを語る。

今まで勝手に読み取られていた想《おも》いを口にする。

伝える、ために。

「でも、死に神ちゃんと契約したってことは……どうしても、謎を解きたかったんだと思う。だから、謎を解き終わるまでがキミと一緒にいる時間だ」

「……なら、やっぱり」

「け、けど、謎は世界中に溢《あふ》れてるよね？　だから、その謎を全部解き終わるまでは一緒なんだと思う。……死に神ちゃんは嫌かもしれないけどさ」

「――だから、ボクはキミとずっと一緒だよ」

ユーマは羞恥心をおさえながら、必死に言い放った。

死に神ちゃんの反応は、目まぐるしかった。

最初は、驚いたように口を半開きにし。

次は、嬉《うれ》しそうに頬を緩め。

最後には、予想通りにまにまと笑ってみせた。

「きゃっきゃっきゃっ！　もー、ご主人様はオレ様ちゃん離れができないね！　それとも、ご主人様はオレ様ちゃんの虜《とりこ》だから仕方ないのかな？」

「う、うるさいなぁ。ほら、さっさと掃除の続きするよ。死に神ちゃんのせいでほとんど進んでないんだから」

ユーマは彼女に背を向けると、掃除を再開する。

死に神ちゃんから視線を離してしまったので、彼女がどんな表情をしているかはわからない。

それでも。

死に神ちゃんの楽しそうな鼻歌で、ユーマは自分の選択が間違っていないことを感じ取っていた。

【第二章】

「………っ」

早朝。

顔に強烈な衝撃を食らって、ユーマは強制的に目覚めさせられた。

瞼《まぶた》を開いて見るまでもない。ここ最近はまったく同じ起床の仕方をしているからだ。

ユーマが身体《からだ》を起こすと、死に神《しにがみ》ちゃんがベッドに上下逆さまで寝ているのが見えた。

ベッド自体は分けているのだが、こっちまで死に神ちゃんの足が届いている。

おそらく寝返りを打った際に、ユーマは顔を蹴られてしまったのだろう。凄《すさ》まじい寝相だ。

「……えへへ、怪盗連続不審死じけん……」

死に神ちゃんは呑気《のんき》にいびきをかきながら、幸せそうに寝言を口にしていた。そんな姿がまた憎たらしい。

腐っても、(黙ってさえいれば)死に神ちゃんは絶世の美少女だ。

一つ屋根の下、絶世の美少女と一緒に過ごす。

字面《じづら》だけなら、ドキッとするシチュエーションかもしれないが、相手が死に神ちゃんなら話は別だ。イラっとする方が格段に多い。

それでも、

……今はボクがしっかりしなきゃ。

ごろんごろんとベッドの上で転がり続ける死に神ちゃんを見ながら、ユーマは心の中で呟く。

死に神ちゃんの原因不明の実体化。

彼女は口にすることはないが、内心ではきっと不安に思っているはずだ。少なくとも実体化が治るまでは、人間として生活しなければならないのだから。

だとすれば、その間、ユーマがサポートしてあげるしかない。

死に神ちゃんには振り回されることも多いが、助けられることだって何回もあった。

なら、今度はユーマが助ける番だ。

ユーマは心中でそう決意を持ち——

「んー、美味《おい》しい！　栄養満点の謎には劣るけど……こんなに美味しいなら、オレ様ちゃんもっと早く実体化するべきだったかも。きゃっきゃっきゃっ、実体化ばんざいだね！

あっ、ご主人様のも貰《もら》うね！」

……果たして死に神ちゃんに助けが必要なのだろうか。ユーマは早速疑問に思っていた。

死に神ちゃんと一緒に住むようになってから、何度目かの朝食。

うひゃーっと歓声をあげながら、死に神ちゃんはパンを頬張っていた。

もちろん、すべてユーマが早起きして近くのパン屋さんで購入したものだ。

ちなみに、自炊は一切していなかった。

ユーマが料理をつくれればよかったのだろうが……残念ながら腕前は、死に神ちゃん曰《いわ》く「完全犯罪成立しそうな」レベル。とっくに諦めてる。

もちろん、死に神ちゃんにつくってもらうという選択肢もあるのだろうが、怖くてキッチンに立たせたくない。

ということで、今日も外出して朝食を購入し、屋敷《やしき》で食べていたのだが。

本来、死に神ちゃんはご飯を食べる必要はないらしい。

だが、娯楽として食べるのは問題ないようで、今はユーマの分までほとんど平らげている。おかげで、ユーマの手元に残ったのは質素なパン一つだ。

ユーマは意趣返しにぽつりと呟《つぶや》く。

「そんなに食べると、太るかもよ？」

『きゃっきゃっきゃっ、何言ってるのご主人様？　オレ様ちゃんは死神だよ？　太るわけないじゃん！」

「そう？　なんかふっくらしたような気がするけど」

「……………え？」

今まさに口にパンを運ぼうとするポーズのまま、死に神ちゃんが固まる。

もちろん、ユーマの目から見て死に神ちゃんのスタイルは変わっていない。というか、いくら暴食しようともたった数日で変わるはずもない。

だが、効果はてきめんだった。

死に神ちゃんはばんっとテーブルを叩《たた》きながら、慌てたように立ち上がる。

「な、なんで！　オレ様ちゃん、そんなに食べてないよ！　……はっ、オレ様ちゃんウンコしないから⁉」

「そ、それは知らないけど……ボクの分も食べてるからじゃない？　これに懲りたら、ボクの分ぐらいは食べないように――」

「こうなったらやけ食いだー！」

「なんで⁉」

だが、ユーマが止めるより早く、死に神ちゃんはあっという間に朝食を平らげてしまった。最後に残っていたパンすらなくなっている。

……もう今度からは、自分の分は別で買ってこよう。

ユーマは内心でそんな決意をしていると、死に神ちゃんは嬉しそうに屋敷の窓の向こうを指差す。

「見て見て、ご主人様！　今日は絶好の張り込み日和だよ！　昨日でちょうど掃除が終わったし、今日から始められるし……うひゃー、テンションあがってきたー！　オレ様ちゃん、ここ数日掃除頑張った甲斐《かい》があったなぁー」

「掃除してたの、だいたいボクだけどね……」

それに、天気は相変わらずの雨だ。

視界は決して良好とは言えない。

ちなみに、張り込み任務は、この屋敷からアリマ地区へと繋《つな》がる道を見張る、という内容だ。アリマ地区へと繋がる道はこれ一つだけなので、屋敷から必ず目撃できるという寸法である。

犯人は現場に戻る、というのはあまりにも聞き慣れた鉄則だ。

だからこそ、何か手掛かりがあるかもしれないと、ヤコウはユーマたちに張り込みを命じたのだろう。

「でも、意外だね」

「んー？　なにが？」

「だって、前はあんなに張り込み嫌がってたじゃないか」

そう。ついこの間まで、ヤコウから言い渡された任務を、死に神ちゃんは嫌がっていたのである。

なのに、急にやる気を見せるなんて。

どういう風の吹き回しだろうか。

「もちろん、オレ様ちゃんは本当はやりたくないよ？　でも、いちおー謎を追いかけられるでしょ？　それによく考えたら、オレ様ちゃん張り込みは初めてだし！　もしかしたら、オレ様ちゃんの才能が開花して、開始一分で重要な手掛かりが見つかるかも！」

「……そんなに上手《うま》くいくかなぁ」

「オレ様ちゃん、手掛かり見つけるまで絶対に外に出ないから！」

「……そんなこと言っていいの？」

ユーマは懐疑的な声をもらすが、死に神ちゃんは聞いちゃいない。

彼女は楽しそうに拳を突き上げ、叫ぶ。

「じゃあ、張り込み任務いってみよー！　えいえい、おー！」

「…………おー」

そうして、死に神ちゃんとの共同任務がはじまり――

地獄の日々がはじまった。


張り込み一日目。

「ねー、ご主人様ー。オレ様ちゃん飽きたー。犯人はまだ来ないの？」

「まだ数時間しか経《た》ってないよ？　飽きるの早くない……？」

張り込み二日目。

「ねー、ご主人様。何かあったら、起こしてー。オレ様ちゃん寝てるからー」

「……まったく、もう。こんなことだろうと思ったよ」

張り込み三日目。

「……ねぇ、ご主人様？　なんでこんなに何にも起きないの？　オレ様ちゃん、ぶっキルしてきていい？」

「駄目に決まってるでしょ！　自分が犯人になってどうするのさ！」

張り込み五日目。

「……オレ様ちゃん、だんだん幻覚が見えるようになってきた。なんでオレ様ちゃんずっとここにいるんだろ。外に出ていい？　なんで外に出ちゃ駄目なの？」

「死に神ちゃんが自分で決めたんでしょ！」

張り込み七日目。

「死体がひとつ、死体がふたつ、死体がみっつ、きゃっきゃっきゃっ、死体がたくさんだね！　ご主人様！」

「いや……外には何もないよ？」

張り込み九日目。

「きゃっきゃっきゃっ！　きゃっきゃっきゃっ！　きゃっきゃっきゃっ！」

張り込み十一日目。

「きゃっきゃっきゃっ、きゃっきゃっきゃっきゃっきゃっきゃっきゃっ、きゃっきゃっきゃっきゃっきゃっきゃっ、きゃっきゃっきゃっきゃっきゃっきゃっきゃっ！」

張り込み十三日目。

「きゃっきゃっきゃっ、きゃっきゃっきゃっきゃっきゃっきゃっ、きゃっきゃっきゃっきゃっきゃっきゃっきゃっ、きゃっきゃっきゃっきゃっきゃっきゃっ、きゃっきゃっきゃっきゃっきゃっきゃっきゃっきゃっきゃっきゃっ、きゃっきゃっきゃっきゃっきゃっきゃっきゃっきゃっ、きゃっきゃっきゃっきゃっ！」

張り込み十四日目。

「所長すみませんもう無理です死《し》に神《がみ》ちゃんと一緒に張り込みなんて無理です許してくださいごめんなさいごめんなさいごめんなさいごめんなさい」

ユーマは探偵事務所に駆け込んで直談判《じかだんぱん》した。

鬼気迫る様子だったからか、程なくして受け入れられた。

「いえーい！　久々のシャバだー！」

ひゃっほー、と歓声をあげながら街を走り回る死に神ちゃん。

水たまりを踏み締めるたびに飛沫《しぶき》があがる。濡《ぬ》れるのもお構いなしだ。

一方で、ユーマはげっそりとして項垂《うなだ》れていた。

なにせ、高笑いを続ける死に神ちゃんと一緒に居続けていたのだ。

疲れてしまうに決まっている。

「……こんな簡単に張り込み任務がなくなるなら、もっと早く言っとけばよかったや」

何故《なぜ》、あんなに意地を張ってしまったのか。

今となっては理由がわからない。

やはり、正常な判断をできない状態だったのだろう。

ヤコウから代わりに与えられたのは、聞き込みの任務。目ぼしい情報があれば教えて欲しい、と言われている。

だから、こうして外出しているのだが。

ユーマたちが今いるのは、商店街のような小さなお店が幾つも連なっているエリアだ。

昼間だというのに、ネオンの光が煌々《こうこう》と輝いている。

だが、これはカナイ区では一般的な景色だ。

雨が降り続けるからこそ、時間帯は昼でも常に薄暗い。どこもかしこも、夜の街のような風景だ。

そんな光景のなかであっても、死に神ちゃんは元気よく言う。

「さあ、早速聞き込みしよ！　アリマ地区の事件の調査とオレ様ちゃんの実体化の調査をするんでしょ？　ほら、ご主人様いったいいった！」

「やっぱり死に神ちゃんはするつもりないんだ……」

「当たり前でしょ、オレ様ちゃんはご主人様のサポート！　教育係だからね！」

「はぁ……わかったよ」

ユーマは嘆息して聞き込みの対象を見つけるため、辺りを観察する。

とはいえ、いったいどんな人に聞けばいいのだろうか。

ユーマの性格上、あまり強面《こわもて》のひとに聞き込みができるとは思えない。

となると、できる限り優しそうなひとが……。

と。

「……ん？　ご主人様、なんかあっちの方でざわざわしてない？」

「ほんとだ。何かあったのかな……」

「これは事件の気配！　行くよ、ご主人様！　もしかして殺人事件かも！」

「ちょ、ちょっと待ってよ！」

ユーマが声をかけるも、死に神ちゃんは凄《すさ》まじい速さで駆け出す。

以前のように、ユーマが引きずられることはないが、死に神ちゃんを一人で放っておくわけにもいかない。ユーマも慌ててその背中を追いかける。

果たして、数分もしないうちにその場所に辿《たど》り着《つ》いた。

五階ほどある至って普通の建物。群衆がそれを取り囲むように集まっていた。

いったい何故集まっているのか。

ユーマが思わず見上げると、その原因は自然と知ることができた。

その建物は工事中だったのか外壁部分には足場が組まれていたのだが——今や、その一部が崩れかかっていたからだ。

そして、そこには二人の子供がいた。

一人は幼い少年、もう一人は幼い少女だ。いずれも年齢は四、五歳程度。少女が少年を助けようとしているのか、安全な足場の鉄パイプを握って手を伸ばしている。少年は崩れかかった足場の上にしがみついており、その場から動けないようだ。

どこからどう見ても、絶体絶命の状況。

だが、周囲の大人たちは目の前の状況に誰も動こうとはしない。

それは、誰かがきっとやってくれると他力本願に陥っているからか。

隣で、死に神ちゃんがつまらなそうに言う。

「なーんだ、まだ死んでないんだ。それなら探偵の出番じゃないね」

「そ、そんなこと言ってる場合じゃないでしょ⁉ た、助けなきゃ！」

「でも、オレ様ちゃんたちのところからじゃギリギリ間に合わないよ。なんとなくだけど——あと、少しで完全に壊れちゃうと思うよ？」

「だとしても、行かない理由はないよ！」

死に神ちゃんの超自然的な力によって予測でもできたのか。

あるいは、死神だからこそ死がどれぐらい迫っているかわかってしまうのか。それか、ただの当てずっぽうか。

ただいずれにしても、ユーマが足を動かさない理由にはなりえなかった。

「っ」

ユーマは地を蹴り、腕を振って全速力で駆ける。

息をつく暇もなく階段をかけあがる。急な運動に太ももが悲鳴をあげるが、知ったことではない。

上へ——上へ！

　そうして、子供たちがいる階に辿り着いたところで、ユーマは自分たちより先行して子供たちに向かって走っていた少女の背中を見つけた。

　その少女は、時折不自然に方向転換をして動いていた。

　まるで、幾つもの動画を切り取って無理やりくっつけているかのように。

　だが、ユーマはその後ろ姿を見てすべてを察した。

　その少女が誰かも、そしてその少女が何をしているかも。

　彼女は時間を遡って、何度も繰り返すことで、最短距離を駆けているのだ。だからこそ、時間が遡った瞬間に最短方向に転換しているのだろう。

「ッ――何度やってもダメです！　あと少しなのに！」

　そのとき、彼女が叫んだ。

　それは、幾つもの未来を見てきたがゆえに発せられた嘆きの言葉か。

　安全な足場の上にいる幼い少女がこちらを向き、びっくりしたように目を見開く。

　それは、何人もの大人がこちらに駆け出しているのを見たからか。


　次の瞬間、幾つものことが連続で起こった。

まず足場が崩れ、危険な状態だった少年が放り出された。

それと同時に――いや、それより前に、安全な足場にいた幼い少女が駆け出して、落ちかけている少年に手を伸ばした。

しっかりと絡《から》み合う幼い子供たちの手。

だが、幼い少女では落ちかけている少年を引っ張り上げられない。いやそれどころか数秒の時間稼ぎにしかならない。そのまま、ずるずると落ちていく。

そうして、空中に投げ出されたそのとき――彼女が間に合った。

ぎゅっ、と幼い子供二人を摑《つか》む。

だけれど、それでも、彼女の細腕では二人分の子供の体重を支えきれなかった。

再び、彼女ごと空中に放り出されそうになり――


「ユーマさん！」


こちらを一切見ることなく叫びを上げる彼女。

それは、別の未来でユーマも迫っていることを知ったからか。

ユーマは躊躇《ためら》いもせずにその現場に飛び込んで。

そして。

「……もう、こんな危ないことしないでくださいね」

ユーマはなんとか間に合うと、彼女と二人の子供を引っ張りあげる。

彼女——夜行《やこう》探偵事務所の超探偵、フブキ＝クロックフォードは疲れた様子ながらも笑ってみせた。

「……はぁ……頭がボーっとして……疲れちゃいました……」

少年を親御さんのもとに返したあと。ユーマたちは全力疾走の余韻が冷めぬまま、建物にもたれかかっていた。

中でも、疲労を表情に浮かべていたのはフブキだった。

彼女はぺたりと地面に座り込んでいた。ユーマは壁に寄りかかったまま見下ろし、そこで今日初めてちゃんと彼女を視認した。

儚《はかな》げで、ふんわりとした印象を受ける少女だった。

透き通るような水色の髪。編み込みで一つにまとめられ、小さく揺れている。頭には大きな花飾り。見た目は品格がある美少女といった様相だが、服装は一転して活動的だ。動きやすそうなアウトドア用のジャケットを羽織り、パンツスタイルだ。

繰り返しになるが、彼女の名前はフブキ＝クロックフォード。

世界探偵機構の超探偵、そして今は夜行探偵事務所の探偵の一人だ。

超探偵。それは、世界探偵機構で認定された特殊能力を持つ探偵たちのこと。

そのうちの一人である彼女の能力は〈時戻し〉。時間を遡るという破格の力を持っているのだ。

だが、同時にデメリットも存在する。

時間を遡るほど身体《からだ》に負担がかかってしまうのだ。

フブキは子供たちを助けるために何度も時間を戻したのだろう。だからこそ、ここまで憔悴《しょうすい》しているのだった。

「でも、ユーマさんがいてよかったです。ありがとうございます」

「い、いえ、ボクは……それを言うなら、死《し》に神《がみ》ちゃんだって。ありがとね」

「ふ、ふぇ。オレ様ちゃん？」

「なんだかんだ言って、最後まで助けてくれたでしょ」

ユーマひとりで、フブキたちを引っ張りあげるのは正直危なかった。

それでも何とかなったのは、死に神ちゃんも一緒に来て頑張ってくれたからだ。隣で

「うぬぬ！」と苦悶《くもん》の声をもらしながらも、必死にユーマに協力して引っ張り上げてくれたからこそ成し得たことだ。

まさか感謝されるとは思ってもみなかったのだろう。

死に神ちゃんはそっぽを向いて、ユーマの角度から表情を見せないようにする。

「べっつにー。オレ様ちゃん、気まぐれで助けただけだし……」

もごもごと言う死に神ちゃん。

だが、ちらりと見える耳の端っこは赤く染まっていた。おそらく照れているだけなのだろう。

「……ところで、その方はどなたでしょうか？」

フブキは死に神ちゃんの方を見ながら、首をかしげる。

死に神ちゃんは切り替えるようにパッと笑顔を浮かべ、自己紹介をする。

『はいはーい、オレ様ちゃんは死に神ちゃん！　よろしく――するつもりはまったくないから！』

「はい、よろしくお願いします。わたくしはフブキ＝クロックフォードと申します。えっと……死に神ちゃんさん？」

「死に神ちゃん！　なんで『ちゃん』に『さん』をつけるの！」

オレ様ちゃんやっぱりこいつ嫌いー、と言いながら呻《うめ》く死に神ちゃん。

一方で、フブキはほっと胸を撫《な》で下ろしながら。

「でも、よかったです。顔見知りの方なら、名前を覚えていないと失礼にあたりますから。わたくし、お顔もお名前も覚えるのはあんまり得意ではなくて……」

「ま、いつもぼぉーっとしてそうだもんね」

「まあ、わたくしのことをよくご存じなんですね。そうなんです、あなたの言う通りで……えっと、お名前なんでしたっけ？」

「早速忘れられちゃった⁉　オレ様ちゃん、かなりキャラ濃いのに⁉」

がーん、と口で言いながら、衝撃を受けている様子の死に神ちゃん。

確かに、死に神ちゃんほどの存在が名前を忘れられることはそうそうないだろう。

「で……この子、どうしましょうか？」

言いながら、ユーマはあの場にいた最後の人物――幼い少女へと視線を向ける。

そう、危険な足場にいた少年は親御さんのもとへと返すことができたが、安全な足場からその少年を助けようとしていたこの少女は無関係だったのだ。

改めて、ユーマはその幼い少女を見やる。
四、五歳ぐらいの幼い女の子だった。

髪は黒で、ぱっつん。純白のワンピース。小さな鞄《かばん》を斜めがけしており、靴には汚れ一つとしてない。持ち物ひとつ取っても、清廉なお嬢様然とした印象を受ける。

あのあと、色々とこの幼い少女に聞いてみたのだが、何も有益な情報は貰《もら》えていなかった。

わかっているのは、フブキが聞き出してくれた「アイ」という名前だけ。

それ以外は「わからない。何も覚えていない」の一点張りで、首を振るばかり。

あの少年を助けようとしたのも、たまたまあの場にいたからだという。

幼い少女の表情からは、とても嘘《うそ》をついているように見えなかった。

「……迷子、なのかな。あるいは、記憶喪失……とか」

であれば、最近は記憶喪失ばかりだ。

ユーマ、死に神ちゃん（嘘だけれども）、そしてアイというこの幼子。いくらなんでも多すぎる気がする。

ユーマの言葉に同意するように、フブキがこくりと首肯する。

「はい。わたくしにも、『アイ』という名前以外教えてくれませんでしたし……」

「きゃっきゃっきゃっ、箱入りビッチ嫌われてるんじゃないの？　いかにも頼りにならなそうだし」

「は、箱入り……！　な、なんて酷《ひど》いことを言うんですか！　ビッチはともかく、箱入りだなんて！」

「いや、ビッチもよくないんじゃ……」

「それに、わたくしは冒険家としてこれまで幾つも活躍してきたんです！　頼りになるに決まってます！　その言葉、必ず撤回させてみせますから……冒険家の名にかけて！」

「その前に、この子の迷子を解決した方がいいんじゃ……探偵の名にかけて」

ユーマはぼそりと呟《つぶや》くが、フブキには聞こえていないようだった。死に神ちゃんとずっと言い争いをしている。

どうして、ユーマの周りには自分の言葉を聞いてくれない人が多いのだろうか。

深遠、かつ一生解けないであろう謎に想《おも》いを馳《は》せていると、隣でフブキが座り込んだ。

女の子——アイと視線を合わせたかったらしい。

フブキは優しい口調で。

「さあ、教えてください。アイさんのお父様とお母様はどこにいらっしゃるんですか？」

「いやいや雑すぎるでしょ。だいたい、このガキんちょもそれがわかってたら、こんなことになってない——」

「あ、教えてくれました」

「う、嘘ぉ！」

死に神ちゃんは驚愕《きょうがく》したように声をもらす。

だが、フブキの言う通り、アイはある方向を指差していた。

ただ。変なのは、フブキに向かって人差し指を伸ばしていたこと。

そして、

「ママ」

と言い放ったことだ。

「…………ママ、ですか？　わたくしが？」

フブキはきょとんとしながら、不思議そうにこちらを向く。

「いったい、いつからわたくしはママになってしまったのでしょうか」

「さ、さあ、ボクたちに言われても……あ、あの、念のための確認なんですけど……この子、本当にフブキさんの子供じゃないんですよね？」

万が一の可能性を考えて、ユーマは訊《たず》ねてみる。

髪色も顔も似てはいないが、お嬢様然とした雰囲気だけは一致している。ユーマはこれまでフブキと接してきたが、彼女の人生を事細かく知っているわけでもない。

であれば、子供がいるという可能性もゼロ……ではないのかもしれない。

しかし、フブキはどこか他人事《ひとごと》のように首を捻《ひね》りながら。

「わかりません。もしかしたら、どこかでわたくしはママになってしまったのかも……」

「きゃっきゃっきゃっ、だとしたらとんだ世間知らずの箱入りビッチだね！」

「ま、また、そんな酷い言葉を！　ビッチはともかく、世間知らずだなんて……！」

「いや、この場合はビッチを気にした方がいいと思うんですけど……」

「じゃあ、もうビッチでいいよ。ビッチで」

「ふぅ……それなら、問題はないですね」

「問題しかないでしょ！」

ユーマは叫ぶが、フブキと死に神ちゃんのどちらにも無視されてしまう。自分が、自分がおかしいのだろうか。

「じゃ、じゃあ……パパはどこにいるんだい？」

この子供がフブキをママと呼ぶ理由はわからない。

似ているのか、あるいは本当にフブキが母親なのか。

しかし、当のフブキ自身がこの調子だ。ならば、せめてのもの手掛かりのために父親の方を聞くべきだ。

そんな考えのもと、ユーマはその女の子に訊ねてみたのだが。

果たして、アイはとんでもない言葉を口にした。

ユーマを指差しながら。

「——パパ」

ユーマは引き攣《つ》った笑顔とともに固まった。


「は——はあああああああああああああああああああ!?」

死に神ちゃんが街中に響き渡る大声を発した。

一斉に、人々がこちらを振り向く。

だけど、死に神ちゃんは構うことなくユーマの服の襟首を摑《つか》むと、がくんがくんと思いっきり揺さぶる。

「ご、ごごごご主人様どういうこと!? あの箱入りビッチがママで、ご主人様がパパ!? オレ様ちゃんがママじゃなくて!?」

「なんでキミが選択肢に加わってるんだよ!」

「うわーん、オレ様ちゃんの知らないところで、あの箱入りビッチとよろしくやってたんだあああ!」

「死《し》に神《がみ》ちゃん、いつもボクの隣をふわふわ漂ってたでしょ！　いつやるのさ！」

「わたくし、いつの間にユーマさんとの子供をつくっていたのでしょうか……」

「フブキさんも本気にしないで！　そんなわけないでしょ！　だ、だいたい、フブキさんと出会ったのはこのカナイ区に来てからじゃないですか！　こんな大きな子供、いるわけないでしょ！」

　至極当然の論理を口にする。

だが、死に神ちゃんは嘘泣《うそな》きを続け、フブキは「冒険家兼母親になってしまいました」と各々《おのおの》自らの妄想に想いを馳せている。ユーマの言葉は誰にも届いていない。……もう泣いてもいいだろうか。

「な、なんでキミ、そんなことを言うの？　ぼ、ボクたち前に会ったことある？」

　こうなっては、子供に話しかけるしかない。

ユーマは「嘘」の証拠を取るために訊ねてみるが、アイは眠そうに瞼《まぶた》を擦《こす》るとこちらに向かって無防備に両手を伸ばしてきて。

「…………パパ、だっこ」

「…………」

ユーマはそれを真正面から断れるほど、心は強くなかった。

「…………ということなんですけど」

「あのなぁ……前から言いたかったけど、もしかして狙ってやってたりする？　こんなに巻き込まれることある？」

「ボクの方が知りたいですよ！」

数十分後。ユーマはアイを連れて夜行《やこう》探偵事務所に来ていた。

そうして、ヤコウに状況を説明していたのだが……すべて話し終わって、ヤコウが口にしたのはそんな言葉だった。

死に神ちゃんは膨れっ面《つら》とともに口を挟んでくる。

「なに、ご主人様無責任なこと言ってるの？　ご主人様の子供なんでしょ。オレ様ちゃんというものがありながら、別の女に手を出してたなんて……とんだ浮気者《うわきもの》だね！」

「だから、違うって言ってるでしょ！」

否定し、ユーマは死に神ちゃんに近づくと小声で補足する。

「だいたい、このカナイ区に来てからのことは死に神ちゃんだって全部知ってるだろ。そんなことあるわけないじゃないか」

「でも、オレ様ちゃんと出会う前は？」

「え？」

「ご主人様、記憶喪失なんでしょ？　オレ様ちゃんに出会う前なら有り得るかもじゃん。はっ、その場合は浮気相手はオレ様ちゃんの方⁉」

その可能性は確かに否定できないかもしれない。

記憶を失っているからこそ、ユーマに子供がいた可能性はゼロとは言えない。

とはいえ、

「それもやっぱり有り得ないでしょ。フブキさんと会ったのは、カナイ区に来てからなんだから。記憶を失う前、フブキさんと会っている可能性はあるけど……それなら、フブキさんがボクのことを知ってるはずだし。ね、フブキさん？」

「……はい？　ユーマさん、何か言いましたか？」

急に呼ばれたせいか、フブキが不思議そうに顔をあげる。

フブキはソファの上にお行儀よく座っていた。その膝にはアイがすやすやと眠っている。

フブキは口元に指をあてながら、しーっと沈黙を促す。

「みなさん、静かにしてください。今は眠っているようなので……あら」

「起きちゃったねー。もー、ご主人様がうるさくするからでしょ」

「え、ボクのせい⁉」

だけれど、今回ばかりはあながち間違いでもなかった。

パパ疑惑を晴らすため、ずっと喋《しゃべ》っていたからだ。

みんなが見守るなか、アイはむくりと起き上がると、ふらふらと寝惚《ねぼ》け眼《まなこ》のまま辺りを見回す。

そして、危なっかしい足取りで、何故《なぜ》かヤコウへと近づくとぽつりと。

「……いいにおい」

ぎゅっ、とヤコウの腕にしがみつく女の子。

ヤコウは満更でもなさそうに笑ってみせる。

「おいおい、どうした？　真っ先に来るのが、オレのところなんて。さては、大人の魅力が溢《あふ》れてたかな」

「くんくん。えー、オレ様ちゃんこのにおい嫌いー。くさいよ」

「はい、わたくしもあんまりこのにおいは……」

「所長、加齢臭には気をつけた方がいいですよ」

「オレ、そんな歳《とし》じゃねぇからな！　なんだ、みんなして虐《いじ》めやがって！　オッサンが一番傷つくことを……え、その顔マジで？　本当に臭う？　加齢臭？」

ヤコウは自分の身体《からだ》をしきりに嗅ぐが、わからなかったのだろう。
傷ついた顔で「たばこ吸ってくる……」と外に出ていった。背中からは哀愁が漂ってい
て、引き止めづらかった。
「で、これからどーすんの。このガキんちょ、ここに置いていく？　やたらモジャモジャ
を気にいってたみたいだし」
「そういうわけにもいかないでしょ。ボクたちが連れてきたんだから、親御さんが見つか
るまではボクたちで面倒を見なきゃ。大丈夫。親御さんも心配してるだろうし、きっとす
ぐ見つかるよ」
「ご主人様はそうやってまた楽観的なことを言ってー。世の中にはご主人様が想像すらで
きないような家庭だってあるんだよ？」
「……だったら、尚更《なおさら》だよ」
　言いながら、ユーマは視線を落とす。
　ヤコウがいなくなったからか、そばにはアイがやってきていた。アイはまだ眠たそうだ。
ユーマはぎゅっと抱きしめてあげながら、覚悟を持って言う。
「一応、パパって呼ばれたんだ。なら、最後までやりきらないと」
「そんなご主人様より、モジャモジャ頭の方を気にいってたけどねー。でも、父親は娘か

らは嫌われる生き物だからそれでもいいかな？　きゃっきゃっきゃっ、ご主人様も報われないねー」

「い、いいんだよ。それで」

「でも、あの屋敷《やしき》に連れていくの？　えー、オレ様ちゃん嫌なんだけどー」

「そう言わずにさ。探偵事務所で借りてる場所なんだから、子供を連れていっても大丈夫だろうし。それに、多分数日だから──」

「では、わたくしも今日からそこに住んでいいですか？」

と、そこで。

口を挟んできたのは、フブキだった。

いつの間に近づいてきていたのだろう。手を少しでも伸ばせば、触れられる距離に彼女の柔肌があった。体温すら感じてしまいそうだ。

それほどの至近距離から、フブキは無邪気そうに上目遣いで覗《のぞ》き込んできていた。

どきり、とユーマの胸が高鳴る。

だけれど、次の瞬間には、死に神ちゃんが二人の間に割って入っていた。ヤンキーのようにガンを飛ばしながらフブキに迫る。

「おうおう。何言ってんの、ビッチ。あそこはオレ様ちゃんとご主人様の愛の巣だもんね！　部外者はあっち行った行った」

「でも先程、探偵事務所が借りた場所……と、ユーマさんが言ってませんでしたっけ？　それならば、わたくしだって住む権利はあるはずです」

「そ、それは……」

「今のわたくしは冒険家兼母親ですから。母親としてそばにいてあげたいな……と思いまして」

そっ、とフブキはアイのそばに近寄る。

フブキはいつもどこか抜けているが、今だけは真剣な表情を浮かべていた。

死に神ちゃんはたじろいで。

「こ、このビッチ、こんなときだけまともなことを……！」

「それに……部外者というならば、わたくしより死に神ちゃんさんの方が当てはまるのではないでしょうか」

「ふえ」

思ってもみなかったのか、死に神ちゃんは素っ頓狂な声をあげる。

対して、フブキは心の底から純粋に疑問に思っているように。

「先程、死に神ちゃんさんは一時的に居候《いそうろう》していると聞きましたし……わたくしは母親、ユーマさんは父親……でも、死に神ちゃんさんは何もありませんし」

「っ！」

「ああ、違うんです。決して仲間はずれにしたいわけではないのです。落ち込まないでください、部外者の死に神ちゃんさん」

「ぐぼふぁ！」

死に神ちゃんが吐血した。かのように見えた。

足はKO寸前のボクサーのごとく、がくがくと震えている。

そうして、やがて死に神ちゃんは涙を両目に溜《た》めたまま。

「――ご主人様のばかぁ！　もうオレ様ちゃん知らないもんねー！　そのビッチとよろしくやってればいいんだあああああああああああ！」

叫びながら、死に神ちゃんがどこかに走り去っていく。

まあ、ああは言っていたが、きっと夕飯には戻ってくるだろう。死に神ちゃんはあの屋敷以外、行ける場所もないのだから。

だが、その前に、ユーマは一つだけ確認しておきたいことがあった。

「あの、フブキさん……さっきのって、その、皮肉……とかじゃないんですよね？」

「皮肉……とは、なんでしょうか？　ああ、お肉の部位のことですか？　わたくし、食べたことないかもしれません」

「…………」

　真実はわからなかった。


「……はぁ、どうしたもんか」

　数十分後。ユーマは再び街に戻り、屋敷に向かって歩いていた。

　隣にはアイ。その更に向こうには、フブキ。三人で手を繋《つな》ぎながら歩いているのだ。と。

　きゅるるる、という可愛《かわい》らしい音が不意に響いた。

　音の発生源の方に視線をやると、フブキが不思議そうにお腹《なか》に手を当てながら。

「……あら、変な音が。ユーマさんですか？」

「い、いえ、フブキさんの方からしましたけど……もしかしてお腹空きましたか？」

「はっ、そういえばわたくし今日何も食べていません。どうしてわかったんですか？　もしかして、ユーマさんはわたくしのストーカー……」

「ち、違いますよ！　変なこと言わないでください！」

慌てて否定する。

だが、隣のアイもお腹に両手をあてていた。もしかしたら彼女もお腹が空いているのかもしれない。

「じゃあ、どこかに入って何か食べましょうか。えっと……あそことかはどうですか？」

ユーマが指差したのは、どこにでもあるハンバーガーのファストフード店だった。

お店の一部はテラスになっており、雨でも大丈夫なように大きな屋根がついている。

この雨が降り続けるカナイ区では不便そうにも思えるが、一年中じめじめとしているからこそ、テラスによる開放感を欲しがったのかもしれない。

せっかくフブキという可愛い女の子と一緒にいるのだから、もっとお洒落《しゃれ》なお店にでもエスコートできればよいのだろうが……残念ながら、ユーマはそんなお店は一軒も知らない。

もっとも知っていても、気後れして入ることすらできないだろうが。

だが、ユーマの予想に反して、フブキは目をキラキラと輝かせる。

「ユーマさん、あそこに入ったことあるのですか!?　なら、ぜひあのお店にしましょう！

わたくし、あのお店で食べてみたかったのですが勇気を出すことができず、ずっと入れなくて……」

「そ、そうですか。じゃあ、あのお店にしましょう……アイちゃんもそれでいいかな？」

隣のアイに訊《たず》ねてみると、無言でこくりと頷《うなず》く。

どういうお店かわかっているのだろうか。まあ、子供が好きそうな味であることが多いので問題はないと思うが。

店内に入ると、フブキは目を輝かせたままきょろきょろと辺りを見回す。

どれもこれも新鮮に映るのだろうか。フブキは一つずつ指を差しながら、ユーマに訊ねてくる。

「ユーマさんユーマさん、これはどうやって注文するんですか！」

「ユーマさん、モニターがたくさんあります！　え、あそこにわたくしたちの番号が映るんですか？」

「ユーマさん、店員さんから飲み物と一緒に頂いたこの機械は……わっ、震えました！　え、わ、わたくしたちの番がきたんですか⁉　ハンバーガーだけ別？　ど、どういうことでしょうか！」

「バンズ、とは何でしょうか？　あっ、もしかしてバンドのお仲間ですか？」

「こ、これはクセになりそうな味……わたくしが食べてきたものとはまた違って、とても美味《おい》しいです……！」

などなど。

子供以上に、子供っぽくはしゃぎながら楽しむフブキ。

一方で、アイは落ち着いた様子で黙々とハンバーガーを食べていた。だが、口元に浮かぶ微笑から察するに、満足しているみたいだ。

よかった。どうやら、自分の選択は間違ってはいなかったらしい。

——と。

「あ、ユーマくん。それに、フブキさん！　こんにちは、です！」

たたっ、と。

ユーマたちを見かけてか、一人の少女がこちらの席に近づいてきた。

活発さが全身から溢《あふ》れ出ているような少女だった。

曇り空のような灰色の三つ編み。可愛らしい黒と赤の制服の上から、オーバーサイズのコートを羽織っている。お洒落のためか、短いスカート丈の向こうからまぶしい素足が伸びていた。

彼女の名前は、クルミ＝ウェンディー。

以前、ユーマがとある女学院で起こった事件にかかわることになったきっかけの少女。

そして、このカナイ区の唯一の情報屋でもある。

クルミは溌剌《はつらつ》とした笑顔とともに話しかけてくる。

「わー、こんなところで会えるなんて嬉《うれ》しい！　え、ユーマくんどうしたの？　もしかして何かの事件？」

「あー、うん……そ、そんな感じかな」

「最近、特に酷《ひど》いよねー。立て続けに色んなことが起こってて……そういえば、ハララさんも街中で忙しそうにしてるところ見たもん！　わたしも、とーっても忙しいし！」

次々と捲《まく》し立ててくるクルミ。

ユーマもタイミングを見計らって相槌《あいづち》を打とうとするが、なかなか喋《しゃべ》れない。

そんなユーマの様子に気づいたのか、クルミは頬を赤く染めて「えへへ」と頭を掻《か》く。

「ご、ごめんねっ。ユーマくんに会えたのが嬉しくなっちゃって、わたしばっかり喋っちゃった。で、ユーマくんはどうしてここに？　事件って具体的には何があったの？　もしかしてわたしには説明できない秘密事項？」

「ううん、そんなことないよ。むしろちょっと聞きたいことがあったぐらいなんだ」

「え、ユーマくんがわたしに⁉　任せて！　ユーマくんの頼みなら、わたし何でも調べるよ！」

やる気十分とでも言いたげに、胸の前で両腕を掲げてみせるクルミ。

クルミは以前からユーマを慕ってくれている……のだが、ここまで素直にお願いをきいてくれるとなると、少し不安にすらなる。

将来、悪いひとに騙《だま》されないといいのだが。

だけれど、今は手掛かりが一つもないのだからありがたい。

「あの、実はこの子なんだけど……」

と、ユーマはアイを紹介しながら昼間のことを簡単に話す。

といっても、説明できることはほとんどない。

僅か数分で話し終えると、クルミはふむふむと頷く。

「……迷子、ね。そういえば、最近その手の事件……というか、トラブルも多いみたいだけど」

「そう――なんだ」

「うん。ここ数週間、何故《なぜ》か小さな事件が多いみたいで……というか、迷子なら、わたしが調べておくよ？」

「ほ、本当？　助かるよ！」

ユーマが笑顔を浮かべると、クルミはもじもじと両手をくみあわせながら。

「そ、その代わりといってはあれだけど……ユーマくんにお願いがあって……あっ、い、嫌なら全然いいんだけどね！」

「お願い？　いいよ、ボクにできることなら全然何でもやるよ。お金はないからそれ以外なら、だけど」

「ううん、お金じゃないんだけど………むぅ」

と、そこで何故か、わざとらしく頬を膨らませてむくれるクルミ。

「ユーマくん、それ誰にでも言ってないよね？」

「え、なに？　なにが？」

「べつにー。もう、ユーマくんそんなに素直だと悪いひとに騙されちゃうよ？」

「………」

何故だろうか。

ユーマはさっき内心でクルミに思っていたことを、彼女に指摘される。

そんなに自分は騙されそうなのだろうか。

「取り敢《あ》えず、お願いはあとにして……先に調査しちゃうね！　アイちゃん、だっけ？　おねーさんが話聞いてもいいかな？」

クルミは膝を折り曲げながら、アイに目線を合わせると調査を開始する。

ちなみに、この間、フブキとアイはハンバーガーを夢中で食べていた。……一応、二人も関係あることなのだけれども。

クルミの言葉に、アイはこくりと頷く。

その様子を確認してから、クルミは優しい口調のまま訊ねる。

「じゃあ、まずはパパかママと別れた場所から教えてくれないかな。あとは、パパとママの名前とか！」

──あ、不味《まず》い。

アイの返答内容が瞬時に予測できて、ユーマの脳内に警戒音じみた何かが響き渡る。

だが、ユーマが制止をかける余裕はなかった。

それより早く、アイは指を伸ばしながら答える。

「ママ……パパ……」

「……うん？　なんで、アイちゃんはフブキさんとユーマくんを指差しているの？　もー、それだとわたし、ママとパパがフブキさんとユーマくんだって勘違いしちゃうよー」

「ママとパパだから」

「…………………………え」

地獄の底から響かせたかのように絶望じみた声を発するクルミ。

ぎぎぎ、と壊れた機械のように首を捻《ひね》りながら、クルミは引き攣《つ》った笑みをつくる。

「ゆ、ゆゆゆユーマくん！　こ、こここれって、ど、どどういうこと!?」

「お、落ち着いてクルミちゃん！　そんなわけないでしょ！」

「な、なーんだ！　わ、わたしびっくりしちゃった！　もー、驚かさないでよー。アイちゃんは嘘《うそ》が上手だね！」

ユーマの言葉を聞いて、クルミは未《いま》だ驚きの余韻を残しつつも大きく胸を撫《な》で下ろす。

よかった、クルミちゃんがちゃんと話を聞いてくれる子で。

たったそれだけのことなのに、ユーマは涙が出そうなほど嬉しくなる。いったい自分の周りには他人の話を聞かないひとがどれほど多いのか、思い知らされてしまうほどだった。

――と。

「アイさん、お口にソースがついてますよ？」

フブキは卓上に置かれていたナプキンを手に取ると、アイの口元を優しく拭う。アイはされるがままだ。

しっかりと拭き取ると、フブキは今度はユーマの方を見やって。

「ユーマさんもソースがついてますよ？　わたくしが拭き取ってあげますね」

「あっ、ほんとだ……で、でも、大丈夫です。自分でできますから」

「遠慮しないでください」

フブキは微笑を浮かべて、無邪気に言う。

「――今のわたくしは冒険家兼母親……ユーマさんのお嫁さんでもありますから！」

「確定きちゃったああああああああああ！　ユーマくんの嘘つきいいいいいいいいいいいいい！　うわあああああああああああんん！」

「ボク、違うって言ったよね⁉」

ユーマは全力で叫ぶ。

だが、クルミは既に走り去ってその姿を消した後だった。

残されたのは、必死に引き留めようとして失敗した手を伸ばしたユーマ、ハンバーガーを頬張り続けるアイ、きょとんとしたフブキ、そして……ユーマの浮気《うわき》を咎《とが》めるような店内中からの視線。

針のむしろのような状態で、フブキは首をかしげる。

「どうしたんでしょうか……何か用事でも思い出されたんでしょうか？」

ユーマにそれに答える気力は残されていなかった。


「……はぁ、疲れた」

それから、どれぐらいの時間が経《た》っただろうか。

ユーマはフブキたちと街中を巡り、屋敷《やしき》に戻ってきたところだった。

道中、フブキはお店などを始めとした各所を回るたびに、楽しそうに驚嘆の声をあげていた。初めて行くところばかりだったらしい。さすがはお嬢様である。

だが、あちこちで聞き回ったりしたものの、アイに関する手掛かりはなかった。

当然、アリマ地区の失踪事件や死《し》に神《がみ》ちゃん実体化についてもなし。

調査としては何一つとして進展はない。

それどころか、クルミが言っていたように、カナイ区のあちこちでは事件が頻発しているようだった。

道理で、フブキ以外の他の探偵の姿も見えないはずだ。

きっと事件で忙しくしているのだろう。……サボっている人たちもいそうだが。と。

「も、もう暴れないでくださいっ。アイさん、お昼をたくさん食べたのですから歯磨きはしないと。先程見た時には奥の方に汚れがありましたし……」

「んーんーんーー！」

フブキに羽交い締めにされながら洗面台から運ばれてくるアイ。

歯磨きがよほど嫌なのか、じたばたと暴れている。

フブキはユーマに視線を向けながら、

「あの、ユーマさんも手伝ってくれませんか？」

「え、ええ……いいですけど。なんで、こんなに嫌がってるんですか？」

「元々、歯磨きが苦手なのでしょうか？　わたくしは歯磨き以外何もしようとしていないですし……」

言いながら、フブキはアイを連れてくるとソファに寝転ばせた。

ユーマも暴れたときのために近寄るが、その頃にはアイも観念していた。

力では勝てないと悟ったのだろうか。フブキの膝に頭を預けながら、されるがままにしている。

フブキは褒めるようにアイの頭を撫でながら、楽しそうに喋りかける。

「さあ、アイさん。歯磨きをしましょう。お口を開けてくださいね」

「……んぁー」

「別に汚れなんてないように見えますけど……」

ユーマが顔を近づけると、アイがいやいやと首を振った。

見るな、ということだろうか。たしかに、口の中は誰彼構わず見られたいものではないが。

「……？」

そのとき、ユーマの方向から一瞬だけアイの口の奥が見えた。

だが、それは汚れというか黄ばみだった。ここ数日でついたような汚れには思えない。

どこかで見たことがあるような気もするのだが……。

だけれど、それ以上は確認することもできなかった。

アイが一瞬の不意をついて逃げ出してしまったからだ。

「あっ！　ま、待ってください、アイさん！　歯磨きはちゃんとしないと……ああ」

フブキが言い終わる前に、アイは屋敷の奥へと走り去ってしまう。

フブキは歯ブラシを力なくおろしながら、ぽつりと呟《つぶや》く。

「歯磨きをしてみたかったのですが……代わりに、ユーマさんにしてあげましょうか？」

「い、いえ、大丈夫です！　じ、自分でできますから！」

「じゃあ、膝枕はいかがですか？　ユーマさん、先程疲れたと言ってませんでしたっけ？」

「い、いえ、それも……」

「そうですか……せっかく、冒険家兼母親なので、それらしいことをしてみたかったのですが……」

しょんぼりと落ち込んだ表情のフブキ。

あまりに残念がっているその様子に、ユーマは思わず口を滑らせてしまう。

「……な、なら膝枕なら……それで、フブキさんの気が済むなら、ですけど」

「え、本当ですか？　では、ユーマさんこちらに！」

フブキは笑顔を浮かべる。

自分はとんでもないことを口にしたのではないか、との後悔が脳裏によぎるが、もう遅い。やっぱりなし、と言う前に、フブキはユーマの手を取りながら、近くのソファまで引っ張っていく。

「さあ、こちらに！」

ぽんぽん、と。フブキはソファに座ると、自分の太ももを叩《たた》いてみせた。

ユーマが躊躇《ためら》っていると、誘導するように手を引かれる。そのまま、半ば強引に彼女の太ももに頭を置かされてしまう。

正直、ユーマはこの寸前まで膝枕という行為を、たかが相手の太ももに頭を載せるだけだと思っていた。

だが、実際にされてみてその認識を改めさせられた。

相手の太ももに頭を載せること自体にそこまで感動はない。

されど、問題はフブキの視線だった。

なにせ、こちらを真《ま》っ直《す》ぐにこにこと見ているのだ。逃げ出そうとしても、どこまでも彼女の視線が追いかけてくる。身体《からだ》を起こそうとしても、肩を少し押されて起き上がることすら叶《かな》わない。ただただ羞恥心を煽《あお》られて恥ずかしい。

それだけならまだしも、優しい手つきで髪をすかれるのだ。

彼女の指がつーっと頭皮にふれるたびに、ぞわぞわとした名状しがたい感覚が駆け抜ける。思わず間の抜けた声すら出そうだった。

「……実は、幼い頃にお母様によくしてもらっていたんです」

そんなユーマの内心を露とも知らず、フブキは遠くを見つめるような目とともにそう語り出した。

「だから、せっかく冒険家兼母親になったのであればどなたかにしてあげたくて」

「そう、だったんですか」

「今日一日、本当に楽しかったです。ユーマさんとアイさんと色んなところに行けて……ユーマさんからたくさん教えてもらって……ふふっ、本物の普通の家族みたいで。ずっと憧れていましたから。何度でもやり直したいぐらいです」

「……そっか、フブキさんにはそれができますもんね」

ユーマが知る限り、フブキの力はかなり使い勝手のよい能力だ。

探偵業では、聞き取り調査でかなり踏み込んだ質問をして、反応を見てからやり直すことだってできるし、日常では美味《お》しいスイーツを何度だって食べられる。まさに、夢のような力だ。

「もちろん無闇に使ったりはしません。大っぴらにするものではありませんし、クロックフォード家としての正しき振る舞い……というのもありますが」

「疲れてしまう、からですか？」

「いいえ、単純に楽しいと感じたことには使わないと自分で決めているだけなんです」

フブキは悪戯《いたずら》っ子のように笑ってみせる。

「せっかく楽しい冒険も、繰り返せば色褪《いろあ》せてしまうかもしれません。好きなものを少し残念に感じてしまうかもしれません。だから、最初の思い出や感情を大切にするために繰り返さないようにしているんです」

「――やはり、冒険は最初が一番ドキドキしますから、ね」

パッと、可憐《かれん》な花のような笑顔を咲かせるフブキ。

それは思わず見惚《みと》れてしまうほど可愛《かわい》らしいもので。

「素敵な……考えですね」

太陽のような笑顔を直視できず、ユーマは目を逸《そ》らして言った。

便利そう、なんて思ってしまった自分を叱責したい気分だ。フブキは信念に基づいて力を使っていたというのに。

「では、そろそろ寝る準備をしましょうか。アイさんにとってはもう遅い時間帯ですし」

「そうですね」

ユーマが時計を確認すると、あと一時間ぐらいで良い子は寝る時間帯だった。

そこで。フブキは「ところで」と前置きして言う。

「あの……死に神ちゃんさんはどこに行ってしまったのでしょうか」

「………」

存在をすっかり忘れていた。

「つーん。オレ様ちゃんにはご主人様の声は聞こえないもんね。一度も探しにこなかった薄情者のご主人様の声は」

「わ、悪かったって。でも、本当にどこにいるかわからなかったから……」

探偵事務所。

果たして、死に神ちゃんはそのソファの上で体育座りをして待っていた。

ユーマたちの前から走っていった後、探偵事務所に戻っていたらしい。

だが、ユーマがあちこちを探した上でそれがわかったときには、死に神ちゃんはとっくに不機嫌になっていた。

頬はぷっくり。ずっと顔を背けて目も合わせてくれない。

ユーマがどれだけ話しかけても、死に神ちゃんはそれを止《や》めてくれる気配はない。

今だって、

「あっ、ポケットティッシュ。カマサキ地区の広告が入ってる。死に神ちゃん、もしかしてあの辺りまで行ってたの？」

「…………………つーん」

この調子である。取り付く島もない。

いったいどうすれば機嫌を直してくれるのか。

ユーマが思案していると、探偵事務所の端っこからヤコウが思い出したように声をかけてくる。

「そういえば、さっきここにクルミちゃんが来たぞ。なんかユーマに渡してくれって、封筒も置いて行ったな」

「封筒、ですか？」

ユーマが周囲を見回すと、テーブルの上に本を重しにして封筒が置かれていた。

中身を確認すると、昼間に頼んだ調査の結果だった。

どうやら、しっかりと調査してくれたらしい。

ただその結果は、

「……カナイ区にアイという子供はいない？」

「………………っ」

そう呟いた瞬間、死《し》に神《がみ》ちゃんの耳がぴくぴくと動いた。

気になっているらしい。ただユーマの声は聞こえないと口にした手前、反応できないということか。

調査方法は不明だが、クルミがこう断言するということは正しいのだろう。

その程度には、ユーマはクルミのことは信用している。

だが、

「どういうことだろう。現にアイちゃんはいるのに……」

「これはオレ様ちゃんの独り言だけど」

そこで我慢できなくなったのか、死に神ちゃんは顔を明後日《あさって》の方に向けながら言う。

「カナイ区にあのガキんちょがいたことがないなら、ご主人様みたいに外から来たって可能性もあるんじゃない？」

「それは……難しいんじゃない？　カナイ区は鎖国してるんだよ。子供がひとりで外から来るなんて」

「これもオレ様ちゃんの独り言だけど……否定も難しいでしょ。誰かの手助けがあって入ってきた可能性もあるし」

それは死に神ちゃんの言う通りだ。

ユーマたちが持つ情報では、その確証は持てない。

だとしたら、

「……じゃあ、聞きに行こう」

「え？」

「カナイ区の出入りの情報を持っている人に聞きに行けば、はっきりするでしょ」

ユーマの知り合いで、たった一人だけいる。

その人物にアポイントメントもなしに会えるかはわからないが、挑戦する価値はあるはずだ。

しかも、あつらえむきに、クルミからの封筒の中にはその人物の居場所まで書いてあった。「危険かもしれないけど……追加情報が欲しかったらここに！」至れり尽くせり。ユーマの思考すら予測しているようだ。

ならば、利用しない手はない。

ただ、あの人物に会うときには、死に神ちゃんが隣にいて欲しい。

なんだかんだ、ユーマにとって第三者視点で気づきを与えてくれる死に神ちゃんの存在は貴重だ。本人には口が裂けても言えないことではあるが。

しかし、今更お願いしたところで、死に神ちゃんは一緒に来てくれるだろうか。いくら謎が大好きな死に神ちゃんとはいえ、ここまで機嫌を損ねていれば到底無理にも思える。

それでも、ユーマは一か八かの可能性にかけて言う。

「これはボクの独り言なんだけど……今から行くところは正直危険だし……その、頼りになる相棒がいると嬉《うれ》しいんだけど」

「…………」

「でも、誰かさんにはボクの声は聞こえてないみたいだし……やっぱり一人で行くしか──」

「ちょ、ちょっと待った！」

と、死に神ちゃんはユーマの服の袖を摑《つか》むと、えへへと笑みをこぼしながら。

「しょ、しょうがないから、オレ様ちゃんが一緒に行ってあげる！　もー、ご主人様ツンデレなんだから！　オレ様ちゃんが必要ならもっと早く言ってくれればいいのに、そっかそっかご主人様はオレ様ちゃんのことを頼れる相棒って思ってたんだでもオレ様ちゃんのこと軽い女って思わないで今回だけだから許してあげるのはちなみに──」

「…………」

意外とチョロかった。

「……で、来てみたんだけど、ここからどうやって入ればいいんだろ」

「ご主人様って時々謎の行動力、発揮するよねー」

「う、うるさいなぁ」

死に神ちゃんと仲直りしたあと。

アマテラス社の高層ビルを、ユーマと死に神ちゃんは通りの角から顔だけをひょっこり出して窺《うかが》っていた。

アマテラス社は、世界的にも超有名な大企業だ。

戦闘機から生活用品まで、この企業が提供していない物を見つける方が難しいほど。だけれど、そんな大企業だからこそ後ろ暗い噂《うわさ》は絶えない。

このカナイ区を牛耳《ぎゅうじ》り、鎖国し、不正の温床をつくった黒幕。

彼らの一存で、白は黒に、黒は白に変わる。

そして、ユーマは幾つかの事件を潜《くぐ》り抜けるとともに、それが決して根も葉もない噂ではないことを知っている。

そんな大企業と世界探偵機構の相性が良いわけもない。

だからこそ、ユーマと死に神ちゃんは隠れながらも窺っているのだが。

ただ当然ながら、ビルの前には警備員らしき姿が巡回していた。

せめてアポでも取っていれば、やりようはあるのかもしれないが、ユーマは事前連絡などしていない。というか、連絡手段すらない。

「やっぱり無茶だったかな……」

「今更だけど、そもそも、あいつに会いにいくなんて危険だと思うけどねー。こんなことで貸しをつくると、後で何を要求されるかわかったもんじゃないし——」

「呼んだかい？」

「うにゃあ！」

突然の背後からの声。

ユーマと死に神ちゃんがシンクロしたように恐る恐る後ろを振り返ると、そこには紫のスーツを身に纏《まと》った人物が立っていた。

見るからに、胡散臭《うさんくさ》い不気味な人物だった。

特徴的なのは、その白い仮面だ。

素顔を隠しているせいで、何を考えているか窺い知れない。

この人物の名前は、マコト＝カグツチ。

アマテラス社の最高責任者——つまりは、立場上は夜行《やこう》探偵事務所と相反するような存在なのだが。

それでも、どこかフランクに見えるような態度で接してくるのだから、どうしても不気味に思えてしまう。

「……ど、どうして、ボクたちがいるってわかったんですか？」

「たまたまだよ。たまたま、ビルの最上階からキミたちがこそこそしているのが見えてね」

「…………」

ユーマは口を閉ざして、高層ビルを見上げる。

当然ながら、カナイ区はいつも雨が降っており視界が良好な瞬間なんてない。とてもじゃないが、高層ビルの最上階からユーマたちの姿が視認できるとは思えない。

マコトもそれがわかっているのか、可笑《おか》しそうに声をこぼす。

「ふふふ、冗談だよ。あんなに遠くからキミたちの姿は見えないよ」

「で、ですよねっ」

「実は、キミたちのことはずっと監視していたんだ。だから、キミたちが近くにきたことはすぐにわかったよ」

「……え、えっと、それも冗談ですよね？」

「…………」

「冗談ですよね⁉」

ユーマは悲鳴に近い声をあげるが、マコトは黙ったままだ。

仮面を被《かぶ》っているから表情は把握しようもないが、その裏では楽しそうに笑っているような気がする。マコトの雰囲気がそう物語っていた。

「ところで、キミの隣にいる女の子はいったい誰かな？　初めて見る女の子だけど……ボクのデータにはない。どこから連れてきたんだい？」

「い、いや……そ、その、連れてきたというか……」

「オレ様ちゃんは死に神ちゃん。でも、仲良くするつもりはないから」

初対面のときから警戒していたが、今は不信感を一層露《あら》わにしている。死に神ちゃんはユーマにぴったり寄り添って、マコトには一切近づこうとしない。

一方で、マコトはどこか考えこむようにぶつぶつと小声で呟《つぶや》く。

「……死神、ね。まさか、あの本の……いや、考えすぎか。だとしたら、色々と説明がつかない」

「……あの、何かありましたか？」

「いや。ちょっと気になったことがあってね。なにせ、初対面の女の子にここまで警戒されることが中々なくて。ちょっと考えてしまったんだ」

「うわー、嘘臭《うそくさ》っ……そんな仮面つけといてよく言うね」

死《し》に神《がみ》ちゃんが呆《あき》れたように言う。

失礼な物言いではあるが、ユーマも感想は同じだった。明らかにマコトは別のことを考えていた。それが何かまではわからないが。

「それでどうしたんだい？　さっきボクのことを喋《しゃべ》ってたみたいだけど、ボクになにか用？」

「え、えっと、実は――」

「繰り返すけど……ご主人様、本当にこんなやつを頼るつもり？」

死に神ちゃんが服の袖を引っ張りながら、小声で囁《ささや》いてくる。

だけど、せっかくアマテラスの本拠地までやってきて、偶然とはいえマコトにも出会えたのだ。逃す手はない。

ユーマは死に神ちゃんに向かって頷《うなず》くと、マコトに向き直る。

「実は……」

そうして、ユーマは簡単に事情を説明する。

話し終えたあと、マコトはしばしの間沈黙してからようやく口を開いた。

「なるほど、だいたい事情は摑めたよ。そういうことか。なかなか面白いことになっているね」

「面白いって。でも、その言い方……も、もしかして何かわかったんですか？」

「さて、どうだろうね」

そう言いつつも、仮面の向こう側では笑っているような気がしてならない。

今のユーマの話で、明らかに何かを把握したのだろう。

「キミだってもう、ボクとは違う観点で違和感に気づいているだろう？　あとは補強となる情報が欲しい……そんなところだろう？」

「え、そうなの⁉　オレ様ちゃん、一言も聞いてないよ⁉」

「い、いや、別にわかったというほどでは……」

ただ、今日一日の出来事のなかで、少しおかしな点に気づいただけだ。

「じゃあ、ボクからヒントを……といっても、キミたちが最初に知りたかったことに答えるだけだけど」

マコトは言う。

「『ここ数週間で、このカナイ区に子供が外から入ってきたか』だっけ。この答えは、ノーだ。ここ最近野暮用でちょうど調べてたから、これは間違いない。カナイ区に子供は入ってきていないよ。一人もね」

やはり、仮面の向こうではマコトが笑っているような気がした。

「……オレ様ちゃん、よくわからないんだけど。結局あのガキんちょはどこからきたの？

カナイ区には元々いなくて、カナイ区の外からもきてないんでしょ？」

「ボクだって確信があるわけじゃないよ。でも、あの言い方だとおそらく……」

「おそらく？」

死に神ちゃんがわくわくしたような目を向けてきたが、ユーマはその先の言葉を紡《つむ》がなかった。仮に外していたら、彼女に馬鹿にされることがわかっているからだ。

「まあ、答えはきっとこれでわかると思うから……それはそのときで」

「えー、オレ様ちゃん先に聞きたいー。でも、それなんなの？　ご主人様があいつに頼んでもらってたやつだよね？」

「まあね。これは後でわかるよ……たぶん」

そう。あの後、ユーマはマコトに頼んでこれをもらっていた。

小さなディスプレイがついた板。

確かにこの見た目では、どんな機能を持っているかわからないだろう。ちなみに、ユーマが依頼したとき、マコトは「やっぱりわかってるんじゃないか」と言っていた。確信はないと言ってみたが、高確率でユーマの推測通りではあるのだろう。

とても信じられないが。

そんな会話をしながら屋敷《やしき》に戻ると、リビングには誰もいなかった。

代わりに、バスルームからフブキの声が聞こえてくる。

「アイさん、シャンプーの泡を流しますよー。目を瞑《つぶ》っててくださいねー」

バスルームからは、もくもくと湯気があふれて廊下まで広がっていた。

声から察するに、フブキとアイが一緒に入浴しているのだろう。

「……ご主人様、何考えてるの？　なんかいやらしい妄想でもしてそうなんだけど」

「し、してないよ！　……って、死に神ちゃんどこに行くの？」

「んー、今のうちに漁《あさ》ろうかなと思って」

「は？」

ユーマは怪訝《けげん》に眉をひそめるが、死に神ちゃんは堂々と言い放つ。

「ご主人様は、なんか企《たくら》んでいるみたいだけど、そんなのいらないでしょ。直接証拠を摑《つか》んじゃえばいいんだよ！」

「死に神ちゃん、なにを言って……まさか」

「その、まさか！　オレ様ちゃん突撃ー！」

死に神ちゃんはにやりと笑うと、ある部屋に向かって駆けていく。

その部屋は、アイに割り当てられた部屋だった。

死に神ちゃんは迷うことなく扉を蹴り開けると、ずかずかと入って彼女の鞄《かばん》を手に取る。

「そ、それはさすがに駄目だって！　別にそこまではしなくても――」

「もう、ご主人様は甘々だね。知らないの？　探偵なら他人の鞄をひとつふたつ漁っても許されるんだよ？」

「許されるわけないでしょ！」

仮に許されたとしても、それは切迫した状況のときだけだ。

今は命の危険や、必ず解かなければいけない状況でもない。

だが、死に神ちゃんはユーマの制止の言葉など気にした様子もなく、アイの鞄をひっくり返し――

「……あれ？」

何も、出てこなかった。

子供向けのハンカチや、小物は出てくるが、それだけだ。怪しいものは何もない。

「え、なにもないよ？　ど、どういうことご主人様？　あのガキんちょが怪しいんじゃないの？」

おっかしいなぁ、と言いながら、死に神ちゃんは鞄を逆さまにしたり、中を覗《のぞ》き込んだりする。

ユーマはそんな彼女の行動を止めようとして近づき——あることに気づく。

「あれ……死に神ちゃん、その鞄なにかおかしくない？」

「おかしい？　なにが？」

「なんか外から見たときの高さと、鞄の中の内寸にやけに差があるような……」

「あっ、ほんとだ。二重底ってやつ？　きゃっきゃっきゃっ、あのガキんちょ意外とやるね。じゃあ、何が隠されているんだろ——え？」

「……やっぱりそうだったんだ」

死に神ちゃんが鞄の奥底から取り出したそれを確認し、ユーマはぽつりと呟く。

そのとき。

「ユーマさん何をしてるんですか？」

フブキとアイがちょうどお風呂《ふろ》からあがってきたのか、可愛《かわい》らしい部屋着を身に纏《まと》って扉の前でこちらを見やってきていた。

アイは無表情で何を考えているのか窺《うかが》い知れない。

一方で、フブキはきょとんとしたように首を傾《かし》げ。

「……ユーマさんはいつから泥棒になったんですか？」

「ち、違いますから！　この状況じゃ疑われても仕方ないかもしれませんけど、別にボクは泥棒なんて――」

と、ユーマは慌てて弁解しようとしてやめた。

それは後でもできるからだ。

それよりも先に、確認しておきたいことがあった。

ユーマはアイに向き直り、彼女の鞄の奥に隠してあったそれを差し出しながら告げる。

すなわち、ライターと煙草《たばこ》の箱とともに。

「アイちゃん――いえ、アイさん。どうして本当は大人なのにずっと隠してるんですか？」

「……大人、とはどういうことですか？」

フブキがぽつりと呟く。

アイは相も変わらず黙りこくったままだった。

ユーマをどこか不思議そうに見つめている。これだけでは、まだ隠し通せるとでも思っているからか。

ユーマはフブキを一瞥《いちべつ》しながら言う。

「そのままの意味です。アイさんは子供のように見えますが、実際は大人なんです」

「え？　でも、どこからどう見ても……」

フブキがまじまじとアイを見つめる。

ユーマもつられるように注視してしまうが、確かに子供にしか思えない。

まるで魔法のようだ。ぷにぷにとした肌も、あどけない瞳も、頭からつま先までどこから見ても子供のよう。

でも、

「クルミちゃんは『このカナイ区にはアイという子供はいない』と、マコトは『カナイ区の外から入ってきた子供はいない』と言っていました。なら、残った可能性は『アイが大人である』ことだけ」

あのとき、マコトはユーマたちの状況を「面白い」と評していた。

あれは、本当は大人であるアイが紛れ込んでいる状況のことを言っていたのだろう。わざとらしく「カナイ区に子供は入ってきていない」と表現したのも、そのせいだろう。マコトはすべてわかっていたのだ。

「えー、それだけ？」

ユーマの言葉に対して、死《し》に神《がみ》ちゃんはがっかりしたように肩を落とした。

「オレ様ちゃん、なんかすごい推理があるかと思ったら……それだけで、このガキんちょが大人って言ってるの？」

「すごい推理って……死に神ちゃんが勝手に期待しただけでしょ」

呆《あき》れたように言って、ユーマはアイの目を見る。

「あとは、しいていえば……アイさんが煙草を吸っていた、というのも入るかな。もちろん、子供でも吸えないことはないけど」

「……そのライターと煙草なら、アイが拾っただけかもしれないよ？」

透き通るような声。

数秒経《た》ってから、ユーマは目の前の少女が発したことに気づいた。それぐらい、アイは長い間口を噤《つぐ》んだままだったからだ。

「……ようやくまともに喋《しゃべ》ってくれましたね。でも、拾っただけならあえて鞄の奥底に隠す理由はありませんし、あなたの歯があんな風に変色してませんよ」

「……変色？　何言ってるの、ご主人様？」

「そういえば、死に神ちゃんはいなかったんだっけ。実は、フブキさんがアイさんの歯磨きをしてたんだけど……あのときにちらっと見えたんだ。どこかで見たことがあると思ったけど、あれはヤコウ所長と一緒。ヘビースモーカーの特徴だ」

思えば、アイが歯磨きを嫌がっていたのもそのせいなのだろう。

口の中を見られたくないと思ったからこそ、彼女は歯磨きを嫌がっていた。

他にも、ヤコウをいいにおいと評していたのもそのせいだろう。ヤコウは普段から煙草を吸っているせいで、においが染《し》み付いている。大人であることを隠していた状況であれば迂闊《うかつ》としか言いようがない行動だが、ヘビースモーカーであるがゆえに耐えられなかったのだろう。

子供だと思われる姿では、煙草も吸うことができない。

あのときは既に長時間吸っていない状態だっただろうから。

だが、

「……それだけ？」

アイは尚《なお》も不思議そうな目とともにそう言い張る。

まだ認めないつもりらしい。それもそうだ。今言ったことはどれも決定的な証拠とはなりえない。クルミとマコトの話に物的証拠はないし、歯の黄ばみだってたまたま似ていた可能性だってある。

だから、ユーマはコートのポケットに潜ませていた黒い板を取り出した。

スイッチを押しながら、アイに見せる。

途端、フブキと死に神ちゃんが反応を見せた。

フブキは不快そうに眉をひそめ、死に神ちゃんも「ううううう」と盛大に顔をしかめている。死に神ちゃんに反応があったのは意外だったが、概《おおむ》ね予想通りの反応だった。もちろん、ユーマ自身も平静を装《よそお》っているが、今にも止めたい気分だ。

だが、アイの様子に変化はない。

不思議そうに見つめてくるだけだ。

「……それ、なに？」

「これは小型のメディアプレイヤーです。今はある音を再生してるんですけど……やっぱり聞こえないみたいですね」

「っ」

その言葉だけで察したのだろう。

アイは初めて表情を崩し、息を呑《の》む。

その反応こそが、もはや答えだった。

「今、流しているのはモスキート音。個人差はありますけど、これがまったく聞こえていない……ということは、アイさんが大人である可能性が高いということです」

ユーマはメディアプレイヤーの再生を止めた。

フブキと死に神ちゃんはホッとしたように息を吐く。よっぽど辛《つら》かったのだろう。ユーマ自身も頭が痛いぐらいだ。

アイはどこか諦観したように嘆息する。

そうして、アイは何かを喋り出そうと口を開くが、ユーマは先んじて声を発する。

「――でも、まだアイさんは隠していることがありますよね？」

ユーマがそう告げた瞬間、アイは大きく目を見開いた。

話が終わったと思っていたからだろうか。死に神ちゃんも、フブキもびっくりしたようにこちらを向いていた。

「ここからは、ボクの妄想めいた考えです。だから、間違っていたら教えてください」

そう前置きして、ユーマは自分の考えを喋る。

「フブキさんが男の子を助けたとき、不自然なことが一つありました。フブキさんが何度も時間を遡って繰り返したのに、あの男の子は助けられなかった。そうですよね、フブキさん？」

「はい、そうですが……」

フブキは不思議そうにこくりと頷《うなず》いた。

「でも、ボクが知ってる現実は違う。助けることができたんです。違いは二つ。フブキさんが『何度繰り返しても助けられない』と嘆いたことと、その言葉を聞いて行動を変えた人がいたからです」

フブキが何度もやり直した世界と、ユーマが知っているこの現実の違いは、フブキの嘆きだ。フブキのあの嘆きは、何度もやり直したからこそ発せられるものだからだ。

であれば、男の子を助けられたという『違い』もあの嘆きにあるはず。

あのとき、アイはフブキが叫んだ直後に男の子を助けようと飛び込んだ。

結果的に、アイが稼いだ数秒の時間稼ぎのおかげでフブキが間に合ったのだと考えれば、アイの行動で未来が変わったのだろう。

「だけど同時に、フブキさんのあの言葉だけで行動を変えられたということは、フブキさんの能力を最初から知っていたということに他なりません」

だからこそ、危険を承知で飛び込んだ。

フブキが「あと少し」と口にしたからこそ、時間稼ぎをすれば助けられると踏んだのだろう。

「そして、ここからは更に馬鹿げた妄想です。アイさんは違和感なく本当に子供のようにしか見えません。まるでデスヒコくんみたいに。それと、フブキさんの能力を知っていたことをあわせれば、自然とある存在を考えてしまいます。アイさん、あなたは実は――」

「――ちょっと待った。そこまでだ。そこからは、あたしに言わせろ」

がしがし、と。

頭を掻《か》きながら、少女――いや、女性が声を発した。

先程までの雰囲気とは別物。

だけれど同時に、その女性がようやく本当の意味で観念したことを察した。

女性は煙草を口に咥《くわ》え、ライターで火をつけると、美味《おい》しそうに煙を味わう。

ついで、キザに笑ってみせると両手を上げてみせた。

「そこまでバレてんなら降参だ。やっぱ、色々と迂闊だったな……」

アイはふてぶてしい表情とともに言う。

「あたしの名前は、アイ＝アーサードイル」

「――このカナイ区に新しく派遣された〈超探偵〉だよ」

【第三章】

「…………あれ？」

翌日。

朝起きたら、部屋に死に神ちゃんがいなかった。

死に神ちゃんと一緒に住みはじめて数週間、彼女が自分より先に起きることなんてなかった。何かあったのだろうか？

首を捻《ひね》りながら、ユーマは寝ぼけた顔でリビングに向かう。

すると、昨日から増えた二人の住人が何か言い争いをしていた。

フブキが何かを高く掲げ、アイがそれを取ろうとぴょんぴょんとジャンプしている。なかなか取れないのだろうか。アイが苛立《いらだ》たしげに舌打ちする。

「だーかーら！　あたしはガキじゃないんだって！　昨日言っただろ！」

「そうでしたっけ……？　わたくし昨日眠くて半分も聞けてなくて……でも、煙草《たばこ》は身体《からだ》に悪いですよ？」

「うるせー、こちとらそんな一般論聞き飽きてるんだよ。それでも、吸いたいんだからあたしの勝手だろうが！　よっしゃ、取れた！」

アイは煙草を取り返すと、慣れた手つきで火をつけて煙を吸い込んだ。

途端に、幸せそうに頬を緩める。

「やっぱ、これがなきゃ人生やってられねぇぜ……あっ、ユーマおはよう」

「ユーマさん、おはようございます」

「お、おはようございます。あの……死に神《しにがみ》ちゃん知りませんか？」

色々言いたいことはあったが、まずは死に神ちゃんの所在だ。

ユーマが訊《たず》ねると、二人とも不思議そうに首を傾《かし》げる。

「あの、やべー発言ばっかのガキか？　あたしは見てねぇぞ」

「わたくしも同じです。少し前に、外に行かれるのは見ましたがそれ以外は……」

「ばっちり見てんじゃねぇか」

アイは呆《あき》れて言った。

「でも、そうなるといったいどこに……」

「たっだいまー！　……って、ご主人様どうしたの？」

ユーマが思案する。ちょうどそのタイミングで、死に神ちゃんが帰ってきた。

手には、ギンマ地区で有名な高級パン屋さんの袋。そこまで買い出しに行っていたのだろうか。そして、そのお金はいったい誰のものなのだろうか。

気になって仕方なかったが、まずは聞くべきことがあった。

「死に神ちゃん急に外出してどうしたの？　もしかしてそのパンを買いに……？」

「ううん、これはどっちかといえばおまけ。ちょっと気になったことがあって」

「気になったこと……？」

ユーマが問いかけると、死に神ちゃんは考える素振りをみせた。

だが、次の瞬間にはパッと笑顔を浮かべて。

「……まあ、なんでもいいでしょ。それとも、そんなにオレ様ちゃんのことが心配？　オレ様ちゃん愛されちゃってるなー」

「心配なのは当たり前でしょ。死に神ちゃんがいつ事件を起こすか不安で不安で……」

「え、まさかのそっち？」

ユーマの反応が気に入らなかったのか、むぅ、と死に神ちゃんは不満そうに唇を尖《とが》らせる。だが、ユーマとしては当然の懸念《けねん》だ。

「で、みんなの朝食を買ってきてくれたんだ」

死に神ちゃんにしては、珍しく気が利《き》いた振る舞いだ。

だけれど、死に神ちゃんはきょとんとして首を傾げる。

「え、みんなの分は買ってないよ？　これはオレ様ちゃんのおやつ！　で、ご主人様、今日の朝ごはんは？　オレ様ちゃんもうぺこぺこー」

「………………」

ユーマは買い出しに行くことになった。

翌日の探偵事務所。

「というわけで、新しく派遣された超探偵、アイ＝アーサードイルだ。これ、世界探偵機構の探偵証な。よろしく」

アイはソファの上で踏ん反りかえりつつ、ひらひらと探偵証を見せびらかしてみせた。

ついで煙草をふかしながら、自己紹介を続ける。

「能力は子供のように見える……ってだけだが、案外と便利だぜ。子供だと、疑われずに調査もしやすいし、子供だからって大抵のことは許される。それに、ほとんどが自前で、変装道具も必要ないのも利点だな。キャッチコピーは〈見た目は子供、中身は大人〉だ」

どこかで聞いたことがあるような言葉を、つらつらと口にするアイ。

死に神ちゃんはといえば、テンションがあがったようにユーマの服を引っ張ってくる。

「ほらほら、ご主人様！　オレ様ちゃんの言う通り、いたでしょ？　イメージしていたのとは違うけど！」

「そういえば前に言ってたね……」

確かアマテラス急行の中でだっただろうか。

まさか本当にいるとは思いもしなかったが。

「いやぁ、よかったよかった。世界探偵機構に連絡が取れないと思ってたが、こうして派遣してくれたってことはちゃんと届いてたんだな。ほんとここ最近、事件ばっかりでどうにかなっちまうかと……残りの二人には連絡すら取れなくなっちまったし」

そう言いながら、胸を撫《な》で下ろしたのはヤコウだ。

よほど忙しいのだろう。目にクマができてしまっている。

だけれど、今のヤコウの言葉には引っかかる箇所があった。

「ちょっと待ってください。今、ヴィヴィアさんとデスヒコくんに連絡が取れないんですか……？」

「まあな。ただ数日ってだけだから、たぶん二人ともサボってるんだろうが……というわけだから、正直このタイミングでの増員は助かるよ」

「どうかな。超探偵とはいえ、あっさり正体がバレるような探偵が使えるとは思えないが」

水を差すようにそう指摘したのは、別の超探偵だった。

中性的な顔立ち。理知的なその顔には眼鏡がかけられ、その奥では冷めた瞳がアイを油断なく観察していた。

名前は、ハララ＝ナイトメア。

事件現場の第一発見時の状況を視《み》ることができる、優秀な超探偵だ。

アイは片方の頬だけぴくぴくと動かしながら。

「ああん？　なんだ？　あたしが使えねぇって言いたいのか？」

「そう言ったつもりだが、聞こえなかったか？」

「てめぇ……！」

「探偵たるもの、常にあらゆる可能性を考慮し、備えを用意しておくべきだ。せっかく証拠を保持していても、犯人に襲撃されて奪われる可能性だってある。そんなことが起これば推理どころではない。……特に、君の特性上、バレれば致命的だろう。その身体つきでは、本当に子供の腕力程度しかないんじゃないか」

ハララが冷静に観察しながらそう告げる。

だが、後半の台詞《せりふ》の声音はとても優しいもので。

アイは何か察したかのように、一転してにんまりと笑みをつくる。

「そっかそっか。お前、あたしのことを心配してくれてるんだな？　なーんだ、意外と可愛《かわい》いところがあるやつだな」

「違う。僕はそんなつもりじゃ――」

「まあまあ、そういうことにしておいてやるよ。心配ありがとな」

「っ――馬鹿馬鹿しい」

そう吐き捨てると、ハララは探偵事務所から消えていく。

「ま、そういうわけだから今後はよろしくな。当面、あたしはカナイ区で同時多発的に起きてる事件の調査をすればいいんだっけ？」

アイの最後の言葉は、ヤコウへと向けられたものだった。

「ああ、ぜひお願いしたい。さっきも言った通り、人手が今は足りなくてな……」

「了解。じゃ、ユーマ、どっかで会ったらよろしくな。協力しようぜ」

言いながら、不敵な笑みとともにひらひらと手を振りながら去っていくアイ。

だが、ユーマはいまいちアイのことを信頼できなかった。

それは、まだ何か隠していることがあるから……などといったことではなく、性格がテキトーだからだ。

結局、ユーマたちの前で子供のフリをしていたのも、「同業の探偵とわかり、揶揄《からか》ってみたくなったから」ということらしい。そのせいで、ユーマは四方八方であらぬ誤解を受けたので良い迷惑だ。

「じゃあ、ご主人様。オレ様ちゃんたちも調査に行こ？」

「そうだね。まだ何も解決してないし、一歩ずつ調査していかなきゃ……」

「待った待った！　頼むから危ないことはしてくれるなよ」

そこで口を挟んできたのは、ヤコウだった。

ヤコウは面倒くさそうに頭を掻《か》きながら、死に神ちゃんを一瞥《いちべつ》する。

「素人《しろうと》が混ざってるんだ。同行するのはもう諦めるけど……くれぐれも、危ないことに突っ込んでいくのはやめてくれよ。さっきも言った通り事件はあちこちで起こってるし、それ以外にも、幽霊が出るとかわけがわからない話も多いんだ」

「言われてるよ、ご主人様」

「……言われてるのは死に神ちゃんの方だよ」

自ら危険に突撃していくのは、死に神ちゃんの方なのに何を言っているのか。

ユーマが呆れた視線を向けるが、死に神ちゃんは知らんぷりだ。

「でも、幽霊が出るとかって本当なんですか？」

「オレ様ちゃん、幽霊きらいー。あいつら実体ないし……ぶるぶる」

「さあな。オレが実際見たってわけじゃないし……ただ、そういう話が異常に多いんだよなぁ。前を歩いている人が角を曲がったらいなくなってたとか、そういう話が」

「……失踪とも少し似てますね」

人が消える、という点では同じだ。

もしかして、アリマ地区の件と何か関係あるのだろうか。

「まあ、たぶんデマだろうが、こんなに多いと少し気にはなるな……っと、ユーマ。そういや、お前に言伝《ことづて》を預かってるぞ。なんでも重要情報を提供したいから、一人で来て欲しいとかで」

「一人で行くのはいいんですけど……いったい誰からですか？」

ユーマの疑問に、ヤコウが教えてくれる。

「もうだいたい察しはついてるだろ？　ほら、あの子だよ。情報屋のクルミちゃん」

「…………………あぁん？」

隣で、死に神ちゃんがドスの利《き》いた声を発した。

「……ユーマくーん、こっち！　こっちだよ！」

ユーマが指定されたのは、カナイ区にある学校だった。

エーテルア女学院。

女子校であるその学院は、クルミが通い、ユーマが以前とある事件で潜入調査を行った場所だ。

放課後だからか、女子生徒たちが次々と校門から出ていっていた。そのなかで、ユーマは流れに反して校門へと向かう。一人だけ男であるからか好奇の視線が向けられ、肩身が狭い。

果たして学院の校門の前で、クルミは待っていた。

クルミはユーマを見つけるや否《いな》や、ぶんぶんと手を振る。周囲の視線を集めるのもお構いなしだ。

「こんにちは、ユーマくん！」

「うん、こんにちは。それで、重要情報っていったい何――」

「まあまあ、それは後でということで！　それよりも、今のわたしの格好どう？　ユーマくん的にはアリかな？」

「え、格好……？」

クルミに言われて初めて、ユーマはクルミの格好を見る。

放課後だからか、クルミはエーテルア女学院の制服の上に、コートというものスタイルだった。

だが、コートは普段よりも華やかな色に変わっており、頭のカチューシャにも可憐《かれん》な花飾りがついていた。視線を落として顔を見れば、眉もはっきりと描かれ、口紅が薄くひかれている。元々の美貌を強調するように、されど派手に着飾るわけでもなく、品のよい少女がそこには立っていた。

視線を奪われている自分に気づき、ユーマは慌てて目を逸《そ》らすようにやや上方を見やる。

「……い、いいんじゃないかな。可愛いと思うよ」

「ほ、ほんと？　う、嘘《うそ》じゃないよね？」

「もちろん。嘘じゃないよ」

「っし！」

ユーマに背中を向け、何かを喜んでいるかのような声を発するクルミ。

角度的に見えないが、小さくガッツポーズでもしているのだろうか。

だが、再びこちらを向いたときには、生真面目《きまじめ》な表情だった。喜んでいたように見えたのが……気のせいだったのだろうか。

「ところで、ユーマくんは一人？」

「うん、一人でって言われたから一人で来たけど……どうして？」

「なんかわたしの女の子センサーがびびっと反応したから。誰かいるのかなーっと思って」

「女の子センサー？」

「恋する女の子には全員搭載されてるんだよ？　知らなかった？」

にっこりと笑顔を浮かべるクルミ。

ドキドキと心臓が高鳴る。されど、そんなユーマの心情はお構いなしに、クルミは手を取ってくる。

「じゃ、行こう。ユーマくん、こっちだよ！」

「え、重要情報は？」

「だから、それは後！」

そして、クルミにほとんど引っ張られる形で放課後の時間がはじまった。

「ほら、ユーマくん。あーん」

「えっと……その、クルミちゃん」

「んー、なに？」

目の前で、きょとんと首を傾《かし》げてみせるクルミ。

フブキも同じような表情をしていることがあるが、彼女と決定的に違うのはクルミはわかっていてそう振る舞っていることだ。

ユーマはこめかみを押さえながら、状況を整理する。

「ボクの記憶違いじゃないなら、ここで重要情報を伝える前にやることがあるんじゃなかったっけ？」

「ボクの見間違いじゃないなら、ここお洒落《しゃれ》なケーキ屋さんじゃない？」

「うん、そうだよ？」

「うん、そうだよ？」

それがどうしたの？　とでも言いたげに笑顔をつくるクルミ。

一分の隙もないその笑顔に黙殺され、ユーマは何も言えなくなってしまう。……自分がおかしいのだろうか。

おそるおそる周りを窺《うかが》うと、カップルや女性のグループがあちこちのテーブル席で見受けられた。内装はファンシーで可愛らしい花柄の壁紙が使われている。店の真ん中には、色とりどりのケーキがガラスケースのなかで整然と並べられていた。

この殺伐としたカナイ区にも、こんな場所があったのだと驚いてしまう。

そんな甘い雰囲気の場所で、クルミはケーキをさしたフォークを突き出しながら悲しそうな顔をつくる。

「ユーマくん、わたしのあーんは嫌……？」

「い、いや、嫌ってわけじゃないけど……」

「じゃあ、なんで食べてくれないの？」

「……食べます」

クルミの圧力に負けて、ユーマは少しだけテーブルに乗り出すとケーキを食べた。クルミはその光景を見て、ぱちぱちと拍手する。

「わー、ユーマくんかわいいー。もっとあげるね！」

「………………」

何故《なぜ》だろうか。妙に恥ずかしい。ユーマは頬が熱を持っていくのを感じた。

気恥ずかしさから逃れるために、話題を戻す。

「そ、それで……クルミちゃん、ここで何をしようとしてるの？」

「んー、ちょっと魚が引っかかるか待ってたの。二匹も引っかかっちゃったけどね」

「魚……？」

「尾行されてるってこと。学校の前から尾行されてて、今はちょうど対面の角からこっち見てるよ？　ユーマくんは背中を向けてるから見えないだろうけど」

「え⁉」

ユーマは反射的に首を動かそうとするが、慌てて掻き集めた自制心で止めた。前に尾行していたときに振り向こうとして、死に神《しがみ》ちゃんから怒られたことを思い出したからだ。

そういえば、あのときはクルミがユーマを尾行していたときだっただろうか。

ユーマの振る舞いを見てか、クルミは頬を緩める。

「さすが世界探偵機構の探偵。尾行されてるって言われたのに動じないんだ。わたしだったら、振り向きたくなっちゃうかも」

「……ま、まあ、慣れてるからね」

勘違いではあるものの、嬉《うれ》しくはあった。

別にクルミにはいい格好を見せたいなどという欲望はないが、探偵としての行動が褒められると悪い気分はしない。

「それで、どんな人たちなの？」

ユーマが尾行される理由がいまいちわからない。

何かの事件の犯人か、あるいは誰かに目をつけられてしまったのか。

その問いかけに、クルミは鞄《かばん》から手鏡を取り出して手渡してきた。

これで背後を窺え、ということだろう。

ユーマは背後の尾行者たちに気づかれないように細心の注意を払いながら、手鏡で後ろを見やり。

「………何やってんの、あの二人」

よく見知った二人の姿に、ユーマは脱力した。

手鏡に映っていたのは、死に神ちゃんとフブキだった。

あの二人がなんで仲良く一緒にいるのかはわからないが、とにかく珍しい組み合わせだ。

死に神ちゃんは何故かこちらに不満げな視線をちらちらと向け、フブキは我関せずとケーキを楽しそうに頬張っている。……いったい、何をしにきたのだろうか。

「なんで、あの二人がいるんだろう……」

「わからないの、ユーマくん？」

「え、クルミちゃんはわかるの？」

「わかるけど……ううん。やっぱり教えてあげない。なんかモヤモヤするし」

クルミはそれだけ言うと、手鏡を回収してくる。

「はい、もう終わり。せっかくのデートなんだから、そんなに他の女の子を見てちゃ駄目だって」

「で、デートって」

「それとも、ユーマくんはこれをデートってことにしたら嫌……かな？」

「っ」

クルミが可愛《かわい》らしく小首を傾げる姿に、ユーマは固まってしまう。

心臓が鷲摑《わしづか》みにされ、頬が熱を持っていくのを感じる。

しかし、クルミの方も言葉や振る舞いに余裕はあっても実情は違うようだった。よく見れば、耳の端っこまで真っ赤だ。「あ、あついね」と手で煽《あお》ぐクルミ。どうやら、精一杯のようだ。

「そ、そういえば、ユーマくん聞いた？」

「な、なに？」

クルミの新しい話題に、ユーマは喜んで応じる。

それに、もしかしたら重要情報かもしれない。ユーマが意識を切り替えると、クルミは内緒話でもするかのように顔を近づけてくる。

「実は、うちの学校で最近有名な話なんだけど……出るみたいだよ」

「出るって……何が？」

「これだよ、これ」

言いながら、クルミは両手をだらーんと下げてみせる。

どうやら、お化けが出ると言いたいらしい。

「噂《うわさ》になっている場所、元々、付き合ってない男女が行くと恋人になるっていう女子の定番スポットだったんだけど……最近幽霊を見た人が出てきてからは、不思議と更に人気になっちゃって。わたしが聞いた話だと、目の前を歩いている人が突然消えちゃうって話なんだけど──」

「──ちょっと待って」

普段ならただの噂だと気にならなかったが、今だけは違う。

その幽霊の話は、今朝ヤコウから聞いたばかりだからだ。もしかしたら、アリマ地区の大規模失踪にも関連している可能性がある。

一方で、クルミは何故か頬を赤くしながらしどろもどろで。

「……え、えっと、ユーマくん。もしかして興味あるの……？」

「うん、ちょっと行ってみたいかな。よかったら、クルミちゃん、案内してくれる？」

「え？　わ、わたしでいいの？」

「うん……クルミちゃんがいいんだけど、駄目かな？」

場所を知っているのは、クルミだ。

クルミの協力が得られないなら、途端に難しくなる。

ユーマの懸念《けねん》を他所《よそ》に、クルミはぶんぶんと首を横に振りながら。

「う、ううん、駄目じゃないよ！　わたしに任せて！　そうと決まったら早く行こ、ユーマくん！」

その声は、やけにやる気に満ちていて。

だが。

「……その前に、あの二人に見つからないように出ないとね」

クルミはこそこそと耳元に口を寄せてきて囁《ささや》きかける。

その視線は、ユーマの背後に向けられていた。

「……よく考えれば、あの二人にもついてきてもらえばよかったんじゃないかな」

死に神ちゃんとフブキを撒《ま》いたあと。

ユーマはふと思い返してそう言葉を口にした。

あの二人を撒くのは、難しいことではなかった。

というか、撒こうとする前に勝手に撒かれていた。

何故なら、あの二人はあのお店でケーキを注文していたにもかかわらず、どちらともお金を所持していなかったからだ。ユーマたちが退店しようとした直後、店員さんが必死であの二人を止めていたし、「お金……？　わたくしは持っていませんが……？」というフブキの声も聞こえてきたので間違いないだろう。

しかし、これから行うのはカナイ区の事件の捜査なのだ。

だとしたら、あの二人がいた方が捗《はかど》ったかもしれない。

けれど、クルミは隣でもじもじとしながら。

「そ、それはちょっと……その、二人がいたら喋《しゃべ》りにくいこともあるし……」

「そう？」

いったい何だろうか。

ユーマの頭では思いつかなかったが、クルミがそう宣言するならば何かあるのだろう。

「でも、ここが……？」

「うん、さっき言った噂のスポットかな」

クルミに連れられてやってきたのは、鮮やかな紫色の藤が咲き誇る丘だった。

藤の花が滝のように枝垂《しだ》れ、どこまでも広がっている。ライトアップされているからか、より鮮明に光景が視界に焼き付けられる。

カナイ区では雨が年中降り注いでいる。植物にとってそんな過酷な環境でこうも綺麗《きれい》に咲き誇るとは、もしかしたらアマテラス社が品種改良でもした花なのかもしれない。

同時に、確かに幽霊の一人や二人出ても不思議ではないと思える場所だった。

ライトアップされているとはいえ薄暗く、枝垂れた藤の花は今にも動き出して自分の腕を搦《から》め捕りそうだ。

藤の花々は、カナイ区の雨にもよく調和しており、デートスポットとして流行《はや》るのも頷《うなず》ける。

今でも、若い男女がたくさん歩いているぐらいだ。

関係性はわからないが、どこかぎこちない二人組もいる。クルミが先程言っていた通り、付き合う前の男女なのかもしれない。

だけれど、ここに幽霊が現れたらしい。

何か手掛かりになるものがあればよいのだが——

そのとき。

「と、ところでなんだけどさっ」

不意に、クルミがそわそわとしながらそう切り出してきた。

頰を赤く染め、上目遣いでちらちらと顔を見てくる。

「その……今後のため、というかっ。す、少し聞いておきたいんだけど……ど、どうして、わたしを選んでくれたの？」

「選んで」

思わず復唱してしまってから、ようやく思い当たる。

どうしてクルミに連れてきてもらったのか、ということだろう。

ただ、言わずともわかると思うのだが。

ユーマは内心で怪訝《けげん》に思いながらも説明する。

「やっぱりボクが知ってるなかで信頼できるからだけど、一番はクルミちゃんしかいなかったからかな」

「ふ～ん。そ、そうなんだ……わ、わたししかいないんだ」

そっかそっか、と口調では素っ気なさそうに、されどどこが嬉しそうに呟《つぶや》くクルミ。

「まさか、ユーマくんがそこまで信頼……想《おも》ってたなんて。て、照れちゃうなぁ」

「想って……？　でも、信頼してるのはそうだね。その……できれば、ボクはクルミちゃ

んとは一生付き合っていきたいと思ってるぐらいだし」

「そ、そこまで⁉」

あわあわしながら、顔を真っ赤にして驚くクルミ。

何故《なぜ》こんな反応をしているのかはわからないが、別段変なことは言っていない。

このカナイ区には、クルミしか情報屋はいないのだから。

それに、お互い、今は活動範囲はカナイ区だけだが、今後は外の世界にも広げる可能性だってある。そのときには、かつて一緒に戦った仲間がいれば頼もしいことは言うまでもない。

クルミは気分を落ち着かせるように、何度も髪を手櫛《てぐし》で整えながら。

「そ、その……い、一生って……そ、そういうことだよね？」

「うん……？　でも、クルミちゃんも同じように考えてくれてるんじゃないの？」

「なんで知ってるの⁉」

悲鳴のような声をあげるクルミ。

ユーマは首を傾《かし》げながら言う。

「なんでって言われても……普段の行動を見てたら、なんとなくそうかなって」

「さ、さすが世界探偵機構の探偵だ……そ、そんなことまでわかっちゃうなんて……」

「特に最初に出会ったときなんか露骨だったよ」

「まさかの初手で⁉　あのときにはもうわたしがこうなるって予見してたの⁉　世界探偵機構の探偵すごすぎない⁉」

恐れ慄《おのの》いた声をもらすクルミ。

だが、最初、クルミは世界探偵機構の制服を着ているユーマを追いかけてきた。

あのときはファンだと言っていたが、情報屋として探偵と付き合いを持ちたいという意味を含んでいたのではないかと思う。探偵にとって情報屋が価値を持つように、情報屋にとっても探偵は情報の提供先として大切な顧客だ。

でも、

「ここに幽霊が……？」

何か痕跡でも見つけられればと思ったが、至って普通のデートスポットだ。

怪しそうなところは何もない。

ここ最近、不思議なことが起き続けている。死《し》に神《がみ》ちゃんの実体化、アリマ地区の失踪、カナイ区で続々と発生しているらしい大小様々な事件……これらすべては繋《つな》がっているのか、あるいはただの偶然なのか。

このカナイ区に、何かしらの異常が起きているのはわかるのだが——

と。

クルミが頬を赤らめながら、するっと腕を組んでくる。

「じゃ、じゃあ、そろそろ行こっか。その……ユーマくんと今後の大切な話もしたいし」

「大切って……あっ、もしかしてカナイ区で起きている事件の重要情報のこと？」

「ううん。それもあるけど……その、今は結婚の話かな」

「結婚？」

「うん、結婚」

「……なんで結婚？」

「え？　だって、ユーマくんがプロポーズしてくれたでしょ？」

「…………え？」

「…………え？」

「…………」

「…………」

ユーマとクルミはそこで互いの勘違いに気づいた。

「ご――ごめんねっ！　な、なんか変なこと言っちゃって！」

クルミは土下座せんばかりの勢いで、頭を下げて謝り倒していた。

ユーマも慌てて頭を下げる。

「ぼ、ボクこそごめん。クルミちゃんの言葉がよくわかってなかったのに、雰囲気で喋っちゃって……」

「う、ううん、わたしのほうが……てっきり奇跡が起こったのかと思っちゃって。最初によく確認すればよかったねっ」

あはは、と照れ隠しのように笑ってみせるクルミ。

ユーマは先程の会話を脳裏で再生し、頬が熱くなるのを感じる。結婚と置き換えてみれば、なかなか際《きわ》どいことを言っている。

あれだけクルミが慌てていたのも納得である。

「でも、ちょっとだけ残念かな」

「残念？」

「うん、わたしは本当でもよかったんだけどな、って思って」

ちらり、と。冗談とも真剣とも言い切れない口調とともに、クルミが顔を覗《のぞ》き込んでくる。

「……そ、そういえばここどこなの？」

その問いには上手《うま》く答えられず、ユーマは慌てて話題転換した。

クルミが「逃げたー」とでも言いたげに半目を向けてくるが、許してほしい。

記憶喪失前のユーマなら完璧に対処できたのかもしれないが、今の自分にはそんな余裕はない。

果たして、クルミはユーマのあからさまな逃避にも付き合ってくれた。

「ここは、わたしがユーマくんと一緒に来たかったところかな」

現在、ユーマたちはビルの非常階段をのぼっていた。

廃ビルなのか誰一人としておらず、メンテナンスなどは長期間行われていないのか手すりなどは錆《さ》びついている。ユーマが階段をあがるたびに、ぎしぎしと不穏な音が響くぐらいだ。

「えっと……ここ、大丈夫なの？」

「大丈夫だよ。まあ……時々、手すりとか壊れてなくなってるところもあるけど」

「大丈夫なの⁉」

「それに、内緒話をするならここが一番だから」

クルミに言われて。

ユーマは周りを見渡すが……そうかもしれなかった。

元々、誰も近寄らなそうな場所だし、こっそり尾行していたとしても、この階段のせいで誰か潜んでいることは一発でわかる。

「はい、とーちゃく！」

「………あ」

廃ビルの屋上。

そこには、小さな植物園の跡地があった。

既に多くの草木は枯れている。だが、そのなかでも名前がわからない植物が色鮮やかな緑を増やして屋上を覆い尽くしていた。

この雨のせいで、植生が変わってしまったのだろうか。

だが、それだけではなかった。

振り向けば、廃ビルのもとに広がるカナイ区の景色が一望できた。

まあ、正確にいえば、アマテラス社のビルが視界の中央に鎮座しているのだが。それでも、カナイ区の大半が見下ろせるのは間違いない。

「……あれ、あの奥の方」

「そうそう。最近、カナイ区の外周の辺りは霧がかかってるみたいで……ま、いつも降ってる雨のせいかもしれないけどねっ」

笑顔でそう言ってのけて、クルミは軽やかなステップを踏みながらこちらを向いた。

ぴちゃぴちゃと水溜《みずた》まりの水が跳ねるが、お構いなしだ。

「ユーマくん。どう、この景色？　以前、ユーマくんに連れて行ってもらったところも素敵だったけど……わたし、ここも好きなの。本当は晴れてるともっといいんだけど」

「……うん、素敵だと思う」

以前、ユーマがヤコウに連れられた——そして、クルミを連れて行ったカマサキ地区の建物の屋上からのカナイ区には、どこか鬱屈とした印象を受けていた。

だけれど、それとはここは少し違う。

雨が降り、分厚い雲が薄暗い影を街に落としているのは一緒だ。でも、一生懸命働いている屋台のお兄さんや、活気がある商店街など、ここからの景色はカナイ区の中でも綺麗《きれい》なところを凝縮したようだった。

「わたし、カナイ区が大好きなの！　もちろん怖いことが起きたり、嫌なところはあるけど……多かれ少なかれ、どこの街にも欠点はあると思うし。それに、ユーマくんみたいなヒーローがきてくれたし！」

気分が落ち込みそうなほど、薄暗い雨天のもと。

クルミは太陽のように輝く笑顔を浮かべた。

しかし、

「――でも、これだけがわたしの世界なんだ」

ついで、そう呟《つぶや》いた彼女の表情はどこか寂しげだった。

「わたし、このカナイ区しか知らなくて……ただの女子高校生で人生経験もたくさんあるわけじゃないし……」

「そ、そうかな？」

ただの女子高校生にしては、随分と色々と経験している気がする。

もっとも、それは情報屋としての側面が大きいのだろうが。

されど、クルミはどこかむっとしたように可愛《かわい》らしく睨《にら》んでくる。

「それじゃ駄目なの。だって、わたしが追いつきたいひとはとっても凄《すご》いんだから。だから、ただの女子高生で情報屋じゃ駄目駄目なの」

「その追いつきたいひとってそんなに凄いんだね……」

「なに、他人事《ひとごと》みたいに言ってるの。ユーマくんのことだよ？」

「え」

いつの間にか、クルミはユーマの前に立っていた。

ぐいっ、と唇が触れそうなほど顔を近づけてくる彼女に、ユーマは顔をそらしてもごもごと喋《しゃべ》る。

「で、でも、ボク……記憶喪失だし。経験もなかったんじゃないかな」

「何言ってるの、世界探偵機構の探偵なのに」

「けど、見習いだし……」

「そんなの関係ないって。ユーマくんはこれまで事件を何度も解決してきたんだし。それに、記憶を取り戻したら……すぐにカナイ区から消えちゃうんじゃないかなって。そんな予感がするんだ」

クルミは、にっと笑ってみせる。

「だから、そのときのために頑張りたいの。ユーマくんの隣に立てるように。それなら、ユーマくんがどこに行っても安心だからね！」

真摯な気持ちを乗せた瞳に囚《とら》われる。

愚直なほどストレートな好意に、どうしていいかわからない。

もし何か返答をしたほうがいいなら、断るべきなのだろうか。現時点で、ユーマは誰かと付き合いたいなどとすら考えたことはない。

それは、記憶喪失で自分の身の上すらもわからないからか、探偵業でそれどころじゃないからか。

ユーマは口を開いてそう伝えようとするが、その前にクルミが割り込んできた。

「ちょ、ちょっと待って。べ、別にわたし、何か答えてほしいわけじゃないからっ」

真っ赤な顔で、ぶんぶんと手を振りながら否定するクルミ。「あ、あぶなー。今、絶断る雰囲気だったよね……」と呟きつつ、耳まで朱色に染めた状態で、こちらに視線を向ける。

「そ、そうじゃなくて……一応、宣言しておきたかったというか……えーっと、こういう行為ってなんて言うんだっけ？」

「……決意表明？」

「思い出した、宣戦布告だ！」

まさかの過激派だった。

だが、そんな姿もクルミらしいと思ってしまって。

「――だから、覚悟しておいてね。すぐに隣に行くから」

最後は、クルミは悪戯《いたずら》っ子のようにどこか揶揄《からか》うような笑みをつくった。

その笑顔は、やっぱりこのカナイ区の雨雲を吹き飛ばしてしまうぐらい輝いていた。

「……あっ、そういえば重要情報を伝えるの忘れてた！」

廃ビルの屋上から去ろうとするその寸前。

クルミは思い出したように言って、こちらを振り向いてきた。

とはいえ、ユーマも忘れかけていたのでその宣言はありがたかった。

「正直、ユーマくんを呼び出す口実……じゃなくて、重要と言っていいのかわからない情報だから、伝える必要はないかもしれないけど。ユーマくんは事情を知ってるかもしれないし」

「ボクが知ってる……？」

「うん、ハララさんのことなの」

頷《うなず》いて、クルミは語り出す。

「最近、ハララさんのことを街中で見かけることが多くて……多分、ここ数週間は事件ばかりだからその調査のためだと思うんだけど。で、わたし、気になっちゃってちょっと尾行してみたんだ」

「え、ハララさんを？　そ、そんなことできたの？」

「ほとんどは撒《ま》かれちゃったけどね。でも、わたしも悔しくて何回も試してたら三日前に一回だけ成功しちゃって。そのとき、ハララさんの独り言を聞いちゃったの」

「──『死神』がどうとかなんとか……って。最近、ユーマくんの近くにいる女の子も、確かそんな名前だったよね……？　あの子って大丈夫なの？」

◇　◇　◇

「……腐っても、超探偵か。それなりの情報は集められるようだな」

「ったく、ようやく信用してくれたのかよ」

ハララの目の前で、アイがどかっとソファに身を預ける。

世界探偵機構の面々が借りているホテル。

高層階の一室で、ハララはアイと向かい合ってソファに座っていた。

ソファの間に置かれたローテーブルには、アイが調査した物品などが乱雑に置かれていた。さすがに超探偵が二人も集まると、調査の効率が格段にあがる。

「それで、そっちは何か進展があったのかよ？」

くいっ、と顎を動かして話を振ってくるアイ。

ハララは頷く。

「……進展はあった。ただ確信を持つためにも、この場で確認しておきたいことがある」

「確認？」

「そうだ。君は世界探偵機構から派遣された、と言っていたな。ヤコウの連絡を受け取り、アリマ地区の失踪事件の解決のために来たと」

「ああ、そうだけど……それがどうしたんだ？」

「どうやって、カナイ区の外からきたんだ？　できるだけ詳細に教えてくれ」

「どうやってって、そりゃあ………あれ？」

アイが眉の間に皺《しわ》をつくって硬直する。口をぱくぱくとするが、はっきりとした言葉は出てこない。その光景は演技にはとても思えない。

ハララは眉をひそめる。

「まさか覚えてないとでも言うのか？」

「いや、そんなはずは……あたしは確かにカナイ区の外から……くそっ、なんでだ？」

「……出てこないようだな。だが、それなら僕の調査とも一致する」

言って、ハララは一枚の写真を差し出した。

霧がかった街の風景だった。特徴的なのは、誰一人として人間が写っていないことだ。

「カナイ区の外周付近の写真だ。本来はこの先には海が見えるはずだが、霧がかかっていて今は見えない。この先に進むとどうなると思う？」

「どうなるって……そりゃ、海が見えるんじゃないのか？」

「元に戻ってくるんだ」

「は？」

アイが口をぽかんと開く。

そんな反応をしたくなるのもわかる。当時のハララ自身も珍しくその場で数分間も硬直してしまったぐらいだ。

「現在、この不可解な事象でカナイ区の外に出ることはできない。一方で、入ってくることはできるのかと思ったが……その様子ではそれも違うようだな。この状況下なら、ヤコウが外界に送っていた通信も届いていたかすら怪しい。いや、そもそも」

「――君は、本当に世界探偵機構の超探偵なのか？　所属しているというのなら、経歴をすべて教えてくれ。なるべく詳細に」

「……そ、それは……」

アイは何か答えようとするが、やはり意味がある言葉が発せられることはなかった。

ただ何か誤魔化そうとしているわけではなさそうだ。額に冷や汗が滲《し》み、口は何度も動いている。

それでも、彼女の頭の中にはないのだ。

カナイ区に入ってきた記憶も、世界探偵機構でのエピソードも。

薬物に侵されているのか。あるいは洗脳の類なのか。

いずれにせよ、彼女は超探偵アイ＝アーサードイルという人物だと思い込まされている。

「君はいったい……」

ハラガぽつりと呟き、警戒心とともにアイから緩やかに距離を取ったそのとき。

「きゃっきゃっきゃっ。まあ、超探偵相手によく持ったほうかな」

——ぞわっ、と。

室温が一気に氷点下にさがったかのように、凄絶な悪寒《おかん》がはしりぬけた。

直後、部屋の扉が吹っ飛んだ。

扉がまるでボールのように転がって回転していき、窓ガラスをぶち破って落ちていく。

途端に雨が室内に入ってくる。だが、ハララは一瞥《いちべつ》しただけで、意識のほどとんどは部屋の入口に向けられていた。

そこにいたのは、薄桃色と純白の髪を持つ少女だった。

黒のドレスを身に纏《まと》い、頭には王冠をちょこんとのっけている。

知らないはずもない。

なぜなら、それは探偵事務所で預かっている少女だ。

確か、名前は「死《し》に神《がみ》ちゃん」などというふざけた名前。

だが、探偵事務所のときと違い、今だけは何故《なぜ》か得体の知れない怪物に思え——

「おい。お前、何してん——」

「やめろ！」

アイは訝《いぶか》しげな目つきとともに、少女に近づいていく。

ハララは本能に従って止めようとするが、声を発するのが遅かった。

少女が一瞥するだけで、アイは糸が切れた操り人形のように膝から崩れ落ちた。
盛大な音をたてながら腕や足を投げ出して、床に突っ伏してしまう。
たったそれだけ。
少女が視線を向けただけで、アイはもうぴくりとも動かない。
「出来損ないの超探偵はもういいかな。時間稼ぎにもならなかったし」
彼女の呟《つぶや》きは理解ができない。
いや、そもそも目の前で起こったこと自体が理解できない。
アイが倒れたのはこれもまた薬物の類か。だが、あれほど即効性があるものなど――
ハララの脳内に幾つもの推理が展開され、そして片っ端から自身で否定していく。
それは、探偵としての習性のようなものだ。
その習性が脳内で同時に二つのことを指示する。
一つは、情報を集めろ、ということ。
そして、もう一つは――
「――――」
少女の視線が緩やかに自身に移された瞬間、ハララは逃走を開始した。
最小限の動作で身体《からだ》を捻《ひね》ると、先程割られたばかりの窓から――空中へ！

ゴウッ、とハララの耳元で風が吹き抜ける。

ハララは常に逃走手段を準備している。高層階からの飛び降りだったが、こっそりと窓から這《は》わせていたロープを摑《つか》んで、凄《すさ》まじい勢いで眼下に落下する。

「――う、ぐっ」

さすがに着地の衝撃は受け身程度ではすべて殺しきれなかった。

内臓が揺れ、腹の中のものをぶちまけそうになる。

だが、さすがに少女もこの自由落下についてこられるわけがない。今のうちに立て直さねば――

「もー。そんなに急いでどこにいくの？　そんなので、オレ様ちゃんから逃げられるわけないじゃん」

だから。

だからこそ、ハララは目の前にその少女が現れた瞬間、絶句するしかなかった。

ふわり、と。少女は空から落下して音もなく綺麗《きれい》に着地したところだった。

衝撃も、轟音《ごうおん》も、何もない。

単純に物理法則を超えているとしか思えない動き。

探偵としての習性が、起こってしまった事象に再び理屈をつけようとする。

しかし、これはどう考えても——

「きゃっきゃっきゃっ、無駄だって。オレ様ちゃんは神様だよ？　抵抗なんかできるわけないでしょ。悪魔ちゃんが集めたものだって、ほら」

少女は嗤《わら》いながら、その手から数々の品々を落とす。

それは、ハララがここ数週間の調査で集めた証拠品だった。中にはハララがコートの内ポケットに隠し持っていたものもある。

いったい、いつの間に抜き取ったのか。

だが、ハララの口から漏れたのは確信めいた呟きだった。

「……やはり、君か」

「……やっぱりオレ様ちゃんのこと疑ってたんだ。でも、もういいよ。悪魔ちゃんはゆっくり休んでて」

「——あとはオレ様ちゃんに全部任せてくれればいいから。だから、余計なことしないで」

少女がそう宣言した直後、ハララの意識が朦朧《もうろう》とする。

アイと同じように膝から力が抜け、地面に倒れてしまう。どれだけ力を入れようが、起き上がることはもうできない。

かつかつ、と視界の端から少女が近づいてきて頭を摑まれる。

ついで無理やり持ち上げられ視線があがると、そこで初めて彼女の表情をはっきりと視認した。

すなわち、少女が嗤ってる顔を。

直後、ハララの意識は真っ白に塗り潰された。

◇◇◇

朝起きたら、死に神ちゃんが隣のベッドにいなかった。

屋敷《やしき》を一通り巡ってみるが、やはりいない。

今、屋敷にいるのはユーマとフブキだけだ。アイもいない。もっとも、アイは夜には出歩くタイプだったのでたいして気にもならないが。

「………また、か」

最近、死に神ちゃんは勝手にどこかに出かけている。

これまでなら、彼女にも一人になりたい気分の時があるのだろう、と納得はしていたのだが、ハララが絡《から》んでくると話は変わってくる。

「……直接聞かなきゃ」

よもや、ハララが酔狂にも死神と口にしただけということはないだろう。

あのハララのことだ。何かの事件にかかわっているに違いない。

ユーマは屋敷から出ていくと、探偵事務所へと向かう。

だが、探偵事務所である潜水艦に入ろうとハッチに手をかけた瞬間、出くわしたのはハララだった。

今から外へと出て行こうとしていたのか。ハララはこちらを一瞥するだけで構うことなく潜水艦のハッチから出てくる。急な遭遇だったが、このチャンスを見逃すわけにもいかなかった。

「ハ、ハララさん！　ちょ、ちょっと待ってください！」

「……なんだ？　僕は忙しい。用件があるなら手短にしてくれ」

「そ、そうですよね。実は、死神のことで――」

「依頼なら五百万シエンだ」

「ボク、まだ何もお願いしてませんけど⁉」

ユーマは叫ぶが、ハララは意に介した様子もなく。

「死神などといったら、事件の話ぐらいしかないだろう。依頼の話じゃなければ、なんなんだ」

「それはそうかもしれませんけど……ちょっと話を聞きたいだけなんです。ハララさん、四日前ぐらいに事件の調査してましたよね？　そのときに調べていた死神について――」

「……君は何を言ってるんだ？」

「そ、そうですよね。ちゃんと背景を説明しないとわからないですよね。実は、クルミちゃんがここ最近ハララさんを尾行していたと思うんですけど――」

「だから、君は何を言ってるんだ？　僕はここ一週間は何かを調査した覚えはないぞ」

「……え？」

「付け加えるならば、ここ最近僕は尾行された覚えもない。それにこの一週間はずっとホテルで作業をしていた。誰かと間違えてるんじゃないか？」

「…………は？」

たっぷりと間を取って、ユーマはハラの言葉を咀嚼《そしゃく》する。

だが、どれだけ時間が経《た》っても理解できない。

ここ最近、カナイ区では同時多発的に事件が起きている。

そんななか、ハラが一週間もの期間、調査で動いてないわけがない。

「話は終わりか？　僕はもう行くぞ」

「ちょ、ちょっと待ってください。そんなわけが……ハラさんが調査していた光景を目撃したひとだっているんですよ？」

「だから、見間違いじゃないのか？」

そんな馬鹿な話があるわけがない。

確かに、クルミは三日前と言ったのだ。

なのに、ハラ自身は知らないという。

いったい何がどうなってるんだ……？

ユーマが眉をひそめていると、ヤコウが潜水艦のハッチから出てきた。

慌てて潜水艦から駆け上がってきたのだろうか。ぜーはーと荒い息を繰り返しながら、ヤコウはハラを見やる。

「よ、よかった……まだ行ってなかったんだな」

「またその話か……もう終わっただろう」

「そう言わずにさ。ほんと頼むよ。前に調査をお願いしただろ、ハララ」

「僕はそんな調査を引き受けた覚えはない。交渉ならもっと上手《うま》くやってくれ」

「だーかーらー！　別に駆け引きしてるわけじゃないんだって！　それに、アイの行方もわかんねぇし……いったいどうなってるんだ？」

「……どうしたんですか？」

ユーマがそう問いかけるや否《いな》や、ヤコウは疲れ切った顔を向けてくる。

「それがな……ハララのやつ、オレが頼んだ事件の調査を『知らない』ってなかったことにしようとするんだ。今日は朝からアイとも連絡取れねぇし……なぁ、ハララ昨日会うって言ってただろ？　アイ、何か言ってなかったか？」

「だから、僕はその超探偵とは会った覚えはない。おかしな言いがかりはそれだけか？　僕は忙しいから行くぞ」

「ま、待ってくれ！　お前にはやってもらいたいことがたくさん……ああっ、行っちまった」

ヤコウが慌てて追いかけるが、ハララは毛ほども意に介さなかった。

カナイ区の街へと去ってしまう。

後に残ったのは、手を伸ばしたまま無視されたヤコウだけだ。

「……おかしい」

どくんどくん、と何故《なぜ》か鼓動が速くなる。

だが、得体の知れない違和感が膨らんでくる。

確かに、ハララはなかなか依頼を引き受けてくれない。高額な金銭も要求してくる。血も涙もない悪魔のように思うことだってある。

だが、代わりに一度引き受けた依頼は完遂する。ぞんざいな仕事はしない。

それは、ユーマがハララと一緒に調査をしたときに経験済みだ。

それなのに、ハララはヤコウの依頼を知らないと言い捨てた。

ユーマが手に入れた目撃情報を見間違いだと言い放った。

その振る舞いに嘘《うそ》は感じられない。正真正銘、本気でそう思っている。

だとしたら、これはいったい――

「――そう？　おかしいところなんて一つもないでしょ？」

「ッ」

ぱっと振り向くが、背後にいるのが誰かなど見る前からわかっていた。

ユーマのそばには、死《し》に神《がみ》ちゃんがいた。

何故、と口に出るより早く、彼女は踊るようにステップを踏んだ。

ついで濁った河川を背景にして雨に打たれながら、彼女は両腕を広げる。

口元に、深く、紅《あか》い三日月をつくりながら。

「アイとかいうガキんちょ探偵は初めからいなかったようなものだし、悪魔ちゃんもあんな感じだったでしょ？」

「——何も変わってないって。いつも通りだよ？　変な、ご主人様！」

【第四章】

起床すると、窓に一枚のメモが挟まっていた。

ユーマが寝ている方向からしか確認できない絶妙な位置だ。

慎重に窓をあけながら、メモを摘まむ。

紙質はそれほど良くはない。一般的なメモ用紙になりそうな薄っぺらい紙だ。

昨夜、寝るタイミングでは置かれていなかった。ということは、ユーマが寝てから起きるまでの間に、誰かが窓に挟んだということになる。

ユーマはそのメモを読もうとし、

「………物音？」

微かな音ではあるが、リビングから響いてきた。

もしかして誰かいるのか。

メモは取り敢《あ》えずポケットに放り込むと、警戒しつつ寝室から出ていく。

だが、リビングに足を踏み入れた瞬間、ユーマは目を疑った。

何故なら、テーブルに既に朝ごはんが用意されていたからだ。

パン、ポタージュ、ソーセージとスクランブルエッグ、色とりどりの生野菜サラダ。ここ最近では見かけることがなかった朝ごはんの光景だ。

「くんくん……いいにおい。え？　ご主人様、これどうしたの？」

「わぁ、すごいです。ユーマさんって料理人だったんですか？」

死に神ちゃんとフブキも起床したのか、後からリビングに入ってきた。

フブキからの問いかけに、ユーマは首を横に振る。

「い、いいえ、ボクは料理はまったくできなくて……ということは、死に神ちゃんはともかくとして、フブキさんではないんですか？」

「ねぇ、なんでオレ様ちゃん外したの？」

「いえ、わたくしも料理はできなくて……家でもお抱えの料理人がいましたから、一度もやったこともなくて」

「さすがクロックフォード家ですね……」

「ねぇ、なんでオレ様ちゃん外したの？」

死に神ちゃんが横で主張してくるが、ユーマは無視する。

偏見ではあるが、死に神ちゃんが料理をできるとは思えないからだ。それに、料理をしようとしている光景も見たことがない。

しかし、

「……そうなると、いったい誰が」

と、ユーマが呟《つぶや》いた瞬間。

「あっ、ユーマくん起きたんだね！　おはよう！」

ぱたぱた、とキッチンからリビングに出てきたのはクルミだった。

いつもの制服姿だ。ただ今だけは、その上からコートではなく可愛《かわい》らしいエプロンを着ていた。女子高生らしいフリルがあしらわれたものだ。

死に神ちゃんはクルミを見るや否や、ぐるると唸《うな》る。

「ペタンコ……！　なんでオレ様ちゃんとご主人様の愛の巣にいるの!?」

「愛の巣……？　ここ、探偵事務所が借りた拠点って聞いたんだけど」

「うん、それであってるよ……」

クルミが視線を送ってくるのに対し、ユーマは呆《あき》れながら頷《うなず》いた。

「でも、どうして？　もちろん歓迎するんだけど……なんでクルミちゃんがここに？」

「今日からわたしも住もうかなって。情報屋としてアリマ地区の調査に協力できるし。あっ、もちろんヤコウさんに許可は取ってるよ！」

「はぁ!?　ビッチはともかく、ペタンコは部外者でしょ!?」

「でも、わたし、探偵事務所に入ることも許されてるし……それを言うなら、死に神ちゃん？　の方が部外者じゃない？」

「うぐっ」

かつてフブキにも言われたことを繰り返されて、死に神ちゃんはうぬぬと歯嚙《はが》みする。

だけれど、言い返せないのか悔しそうに睨《にら》みつけるだけだ。

「そんなことより！　ユーマくん、朝ごはんはどう？　美味《おい》しそう？」

「う、うん、すごいと思うよ。ボク全然できないし……」

「ほ、ほんと？　やった！」

クルミが小躍りして煌《きら》めく笑顔を振り撒いてくる。

ユーマがその笑顔に目を奪われていると、後ろで残りの二人がこそこそと話す。

「……ユーマさんはごはんがつくれる女性がお好きなのでしょうか？」

「ご主人様って探偵としてはちっとも成長しないのに、女たらしの才能だけはどんどん成長していくよね。ハーレムでもつくるつもりなの？」

「……そこ、聞こえてるからね？」

ユーマは呆れて言う。

だが、これがこの屋敷《やしき》での新しい日常のはじまりだった。

「そうだ、ユーマくん。ちょっといい？」

朝食が終わったあと。

ユーマがリビングから出ようとすると、クルミから呼び止められた。

死に神ちゃんは半目を向ける。

「……うわー、オレ様ちゃん、なんか頭悪そうな気配を感じるんだけど。どうせ、あれでしょ。いってきますのチューをさせてください、とか言うんでしょ？」

「い、言うわけないでしょ！　何言ってるの、死に神ちゃん！」

「ほんと？　一ミリもないってオレ様ちゃんの目を見て言える？」

「…………ま、まあ、ユーマくんが許してくれるなら？」

「クルミちゃん⁉」

「じょ、冗談だって！　やだなー、もう。ユーマくんも本気にしないでよ！」

てへへ、と困ったように微笑をうかべるクルミ。死に神ちゃんは「うげっ」とうんざりしたような表情をしていた。

「で、でさ、クルミちゃんどうしたの？」

「そうそう。実はユーマくんのことを友達に話したら、友達が会いたいって言ってて。なんかファンになっちゃったみたい。だから、ユーマくんさえよければ会わせたいんだけど……その、駄目かな？　わたしの親友でとっても良い子なんだけど」

「ボクは全然大丈夫だよ。でも、会っても楽しいことなんて何にもないと思うけど……」

「まーた、女子高生だからってサービスするの？　ご主人様そろそろ捕まっても知らないからね？」

「ち、違うよ！　ただ聞き込みもできるからと思っただけで。ほら、若い子って大人とは違って色々知ってるし」

「うわー、とってつけたような言い訳。女子高生がそんなに好きなら認めちゃえばいいのに」

　軽蔑したような視線を向けてくる死に神ちゃん。

　ユーマは反論しようとする。だが、それより早く、ユーマの目の前を横切って玄関に行く影があった。

「……あれ、フブキさん？　今日はフブキさんも外出ですか？」

「はい。ドーヤ地区の知り合いの方から少しお話を聞こうかなと思いまして」

「そうなんですね……」

ドーヤ地区といえば、ユーマが以前拉致されて連れていかれた場所である。

正直、良い思い出はない。もっとも、ユーマがカナイ区で良い思い出がある場所の方が少ないのだが。どこもかしこも、事件が起こったところばかりだ。

「じゃ、オレ様ちゃんたちも行こー！　ご主人様、今日は何の調査をする予定なの？」

フブキが出かけていった後、死に神ちゃんがわくわくした目を向けてくる。

だが、ユーマはごほっごほっと咳《せき》をしつつ、首を横に振る。

「……ごめん、死に神ちゃん。ボク、体調悪いからちょっと部屋で寝てるよ」

「え、体調？　もー、ちょっとの風邪ぐらい大丈夫だって！　探偵なのに風邪で事件を諦めてどーすんの！」

「ボクも本当はそうしたいんだけどね……やっぱり辛《つら》くて。ごめんね」

「もー、ご主人様の軟弱者！　いいもんね、オレ様ちゃん一人で行ってくるから！」

言うや否《いな》や、死に神ちゃんは屋敷の外に出ていく。

よかった。もし屋敷に残ると言い出したら、何か対策を打たねばならないところだった。

もちろん、体調が悪いのはただの演技だ。

ユーマは窓に挟まっていたメモをポケットから取り出す。

そのメモには小さな地図とともに、こう書いてあった。

『僕が指定する場所に一人で来てくれ　ハララ＝ナイトメア』


今日も変わらず、カナイ区には雨が降り続けていた。

ユーマは雨の中を歩きながら、昨日のことを思い出す。

昨日のハララの様子はどこか変だった。

異常とまでは断言できない。だが、引き受けたはずの依頼をすっぽかすなど、ハララらしくはない。

そして、ハララが死に神ちゃんを調査していたかもしれないと判明した翌日に、ハララに異変が生じるなんて、果たして偶然なのだろうか？

同時期に、アイが行方不明になったのは偶然なのだろうか？

最近、死に神ちゃんが早朝に一人で出かけていくのも気になる。

そんな――疑わしいことが起きているなか、ハララから「一人で来て欲しい」というメモである。

昨日は相手にしてくれなかったが、考えが変わったということだろうか。

「ここで、合ってるよね……」

ユーマは屋敷の周辺に死に神ちゃんがいないことを確認すると、こっそりと抜け出し、ハラに指定された場所に辿《たど》り着《つ》いていた。

だが、思わずそこに足を踏み入れることを躊躇《ためら》う。

何故《なぜ》なら、そこは決して治安がよいと思えない路地裏だったからだ。

ネオンが怪しく光り、看板も出ていない店が立ち並ぶ。

煙草《たばこ》の吸い殻が地面に数えきれないほど捨てられ、たむろする男たちから鋭い眼光を向けられる。ちらり、と見えた男の肌には龍の刺青《いれずみ》が刻まれていた。

か、帰りたい……。

そんな思いが脳内の大半を占めつつあったその瞬間。

「来たか。こっちだ」

路地の奥から現れたのは、ハラだった。

ごろつきからは既に一目置かれているのか、ハラが足を進めるたびに男たちは道を開けていく。

ユーマは慌ててその背中を追いかけ、周囲に聞こえないように小声で囁《ささや》く。

「は、ハラさんここどこなんですか？　というか、ボクどこに連れて行かれるんですか？」

「細かい話は後だ。ただ今から行くところは、僕のセーフハウスだ」

「セーフハウス……？」

「隠れ家だと思えばいい」

ハララは慣れた調子で路地裏を歩いていく。

それから数分後。ハララがユーマを招き入れたのは、廃ビル内にあるこぢんまりとした部屋だった。外から見れば放置されているも同然だったが、中は意外と綺麗《きれい》に片付けられている。

「さて」

部屋にある小さなソファに腰掛けると、ハララはユーマに向き直った。

「予想より早かったな、あと三十分はかかると思っていたが」

「それは……僕もハララさんと話したいことがありましたから」

「依頼か？　僕から呼び出しておいてムシがいいと思うかもしれないが、残念ながら僕は忙しい。それなりに依頼料は貰《もら》うぞ」

「……わかってます」

ユーマは真剣な顔つきで頷く。

ハララは高額の依頼料を要求してくるが、確実に依頼は遂行してくれる。それが、ユーマの中のハララのイメージだ。だからこそ、ハララが引き受けた依頼をすっぽかしたことが信じられないのだが。

だが、ユーマは先に聞きたいことがあった。

「ただその前にハララさんの話を聞かせてください。ハララさんはどうしてボクを呼び出したんですか？」

「わかった。ただたいした話じゃない。僕の調査に少し付き合ってくれればいいだけだ」

「え？」

予想もしてなかったハララの言葉に、ユーマは思わず声を漏らした。

「ちょ、調査ですか？　え、ぼ、ボクがですか？」

「そうだ。この場には君しかいないだろう」

「え、えっと……ぼ、ボク、お金持ってませんよ？」

「どうして、僕が依頼するのに君がお金を払わねばならない」

「えっ。じゃあ、ボクがお金を貰えるんですか？」

「………」

「どうして急に黙るんですか！」

どうやら、依頼を受けるときにはお金を貰いたいが、依頼をする側に立ったときには払いたくないらしい。

ただ、ハララの頼みであればユーマも無下にはできない。

ハララにはこれまで助けられてきたのだから。

「わかりました。ハララさんの頼みなら……その、付き合います」

「そうか。じゃあ、まずこれに名前を書いてくれるか？」

「名前ですか？」

ユーマが問いかけると、ハララは頷《うなず》きながら一枚の紙を差し出した。

どうやら、書類みたいだ。冒頭に仰々しい文面がずらずらと記載されたあと、最後に一文でこう書いてあった。

『ハララ＝ナイトメアからの依頼に依頼料を請求しません』

「…………あの」

「なんだ？」

「これ、よく読まなくても誓約書に見えるんですけど……」

「その通りだ」

「ハラさんは一シエンも払わないって読めるんですけど……」

「その通りだ。君も先程承諾しただろう」

「だからってここまでやります⁉」

ユーマは抗議の声をあげるが、ハララはどこ吹く風だ。

言いようもないもやもやが、心の内側から溢《あふ》れてくるのは気のせいだろうか。

「何故怒る。君は依頼料について後で揉《も》めたいのか？」

「それは……揉めたくはないですけど」

「ならば、問題ないだろう？」

「……………そう、ですね」

問題はない。問題はないのだが、普段はハララが容赦なく請求してくるだけに素直に納得することができない。

しかし、これにサインをしない限り、話は先に進まないのだろう。

ハララから観察されるような視線を向けられる。

結局、ユーマは根負けして渋々とサインを書いた。

ハララは書類を丁重に折りたたむと服の内ポケットにいれる。まるで金品を扱うほどの丁寧な所作だ。そうしてようやく本題を喋《しゃべ》り始める。

「では、早速色々と聞かせてもらおう。二日前、君はいったい何をしていた？」

「二日前ですか？　確か……ボクはカマサキ地区のあたりにいましたけど」

二日前といえば、クルミと一緒に出かけていたときだ。

つい先日のことなので、忘れようもない。

「そうか。では、二つ目だ。そのとき、僕を見かけたか？　僕が二日前に何をしていたか知っているか？」

「いえ、見てませんけど……いったいどうしたんですか？」

ハララにしては珍しく、要領を得ない質問ばかりだ。

ユーマは思わず訊《たず》ねる。

すると、ハララは思案する素振りをみせた後に口を開く。

「……まあ、君になら言ってもいいだろう。大したことではないんだが……昨日、君は尾行のことやアイとかいう超探偵のことを聞いてきたな？」

「は、はい。それは聞きましたけど……」

「あれから不思議に思って自分でも調べてみた。その結果だが……どうやら、僕にはこの一週間の記憶が所々ないらしい」

「え？　そ、それって大事じゃないですか！」

ユーマは思わず叫んでしまうが、ハララはいつもの冷静そのものの態度で続ける。

「大したことじゃない。あくまで所々だからな。だが、不思議なのは、僕の記憶には空白がないということだ」

「どういう……ことですか？」

「僕は常日頃から記録を残している。それも一定のルールでだ。まあ、他人が見たらわからないだろうがな。だが、ここ数日の記録は、そのルールから外れたタイミングで残してあるんだ。そして何故か僕はその記録を残した記憶がある」

「すみません、こんがらがってきました……」

ユーマはこめかみを押さえながら話を整理する。

つまり、こういうことだろうか。

仮に、ハララが素数の時間に記録を残すとルールを決めていたとする。二時、三時、五時、七時……といった具合に。

だけれど、あるときそのルールから外れて記録が残っていた。

ただ、その記録を残した記憶はあるという。

「なら、ハララさんがうっかりしてただけなんじゃ……」

「違うな。僕はそんな凡ミスをしない。なら導き出される結論は一つしかない。第三者が僕の記憶を改竄《かいざん》したんだ。僕の記録のルールに気づかずに。それが、僕の記憶が所々ないと判断する理由だ」

「か、改竄って……何言ってるんですか、ハララさん」

「そうとしか捉えられないのだから仕方ない。すべての可能性を疑って、最後に残った結果だ」

あまりにも馬鹿馬鹿しい推測だが、ハララが口にすると自然と説得力があった。

しかし次の瞬間には、ハララは表情に影を落とすと唇を噛《か》む。

「……ただそんな事象が自然と発生するわけがない。当時、調査していた事件に何らかの関わりがあるのだろう。だが、手掛かりは全て消えてしまった。何か残っていればよかったのだが……」

「そんなこと言っても、手掛かりがなくなったんじゃ……」

と言いかけて、ユーマはあることを思い出す。

「いや……ハララさんってもしかして手掛かりのバックアップを持っていたりしませんか？　備え、というか何かあったときのために」

「持っているが、君が何故知っている？」

「いえ、前にハララさんが言っていたので。残っているならそこから当時のことが何かわかるかも……って思ったんですけど」

もしかして、記憶上には残っていないのだろうか。

ハララはしばしの間悩む素振りを見せた後、ぽつりと呟《つぶや》く。

「なるほど。僕の記憶にはないが、過去の僕が残していた可能性は確かにある……ちょっと待っていろ」

「え？」

「取ってくる」

ハララはセーフハウスの奥へと消えていく。

十分後。手に大量の封筒などを抱えながら現れると、ハララは言う。

「君もたまには役に立つらしい。当たりだ。過去の僕は手掛かりのコピーを残していた」

「………なるほどな」

引き続きセーフハウス。

手掛かりのコピーに目を通すと、ハララはぽつりと呟いた。

　ハララが保管していたのはほとんどが写真だった。カナイ区のあちこちを写している。ここ最近、カナイ区中の事件の調査に回っていたせいか。

　ハララは何かを思案するような顔つきで。

「どうやら、今のカナイ区には大きく二つのことが起こっている」

「二つですか？」

「ああ、一つはカナイ区の出入りが禁じられていること。僕にはその記憶がないが……過去の僕がそう結論づけたのなら間違いないのだろう。アイとかいう超探偵もかなり疑わしいな」

「関係……しているんですかね」

　ほんの少しの時間しか一緒にいなかったが、悪い人ではなかった……と思う。

　ユーマが悲しそうな声をこぼすと、ハララはふんっと鼻を鳴らす。

「さあな。ただ無関係というわけではないだろう。このタイミングでの失踪だ。で、二つ目に行くがいいか？」

「は、はい。お願いします。でも、二つ目って……」

「そう、失踪だ。今、カナイ区では本来いたはずの人間がいない、という現象があちこちで起きている。たとえば、アリマ地区。そして、たとえばとある工事現場」

「え……これって、フブキさんが子供を助けた……」

言いながらハララが見せてきた写真は、アイと出会ったあの工事現場だった。

「記録上、この工事現場はある建設会社が管理しているはずだった。だが、実際には建設会社はもぬけの殻だった……と過去の僕がメモを残している。そうして放置されたからこそ、君たちが事故に遭遇したんだろう。さらに言うなら、この類のことがあちこちで起きている」

「記録上は存在するのに、実際には存在しない人たち……」

何故《なぜ》、そんなことが起きているのか見当もつかない。

だが、今のユーマにはハララが隣にいる。

俄然《がぜん》と気になって訊ねる。

「そ、それで。過去のハララさんはどんな結論を出してるんですか？」

「僕に聞いても無駄だ。真相までは残していない。それに……僕はもう突き止めるつもりはない」

「え？　な、なんでですか？」

慌てて問いかけると、ハララは偉そうに足を組みながら答える。

「目をつけられているからだ。僕の記憶を何らかの手段で改竄されたのも、それが原因だろう。これ以上、僕が調査を進めれば同じことが起きるはずだ。であるならば、僕は一刻も早く敵の力量を見極めなければいけない。そっちの方が優先だ」

「……どういうことですか？」

ユーマが怪訝《けげん》に訊ねると、ハララは答える。

「記憶の改竄など、はっきり言って凄《すさ》まじい力だ。あのフブキ＝クロックフォードにも劣らないと言えるだろう」

「それはそうですね……」

「ならば、同じ轍《てつ》を踏まないように対策を立てる必要がある。そもそも、どうやって改竄しているのか？　薬物の類か？　超常的な力か？　あるいは、敵の情報収集能力の高さは？　こうやって君に話したことを敵も知ることができるのか？」

「……つまり、ハララさんはボクも信用していないんですね」

こうして、ハララがユーマに情報を開示しているのも作戦の一つなのだ。

仮に直後に、もう一度異常が発生すれば、ユーマが――あるいはその周辺が怪しいということになる。

そして、それをわざわざ説明することにもきっと意味があるのだ。

「そういうことだ。だから、僕は調査に参加できない。君がやるんだ」

「ボクが……」

はっきり言って、ユーマには荷が重い。

だが、ハララから託されたのであれば、その想《おも》いを無視するわけにはいかない。

ユーマは覚悟を決め、証拠品の写真を見つめ――

と。

数ある写真のなかの一つに、ユーマはそれを見つけてしまう。

それは大規模失踪が起こったアリマ地区の写真で。

その中心に大きく写っていたのは、一人佇《たたず》む死《し》に神《がみ》ちゃんだった。

――そして、このときにはあんな展開が待っているとは思いもしなかった。


ハララと別れた後。

雨が降り注ぐなか、ユーマは歩きながら思考を巡らせる。

当然、対象はあの死に神ちゃんの写真のことだ。

背景から察するに、アリマ地区で撮られた写真であるのは確定だ。一週間近くも張り込みしていたのだ。見間違いようもない。

……ということは、死に神ちゃんが度々抜け出していたのは、アリマ地区に行くためだったのだろうか？

もちろん、ここ最近は、死に神ちゃんは度々一人で行動しているので断言はできないが。

ハララにも聞いてみたが答えは持ち合わせていなかった。

何故、あの写真を撮ったのかも覚えていないらしい。

ハララが集めた証拠のなかには、これ以上の物品も記録もなかった。ということは、決定的な証拠を掴《つか》む前に、誰かに記憶を改竄されてしまったのだろう。

「……ここか」

数十分後。ユーマはアリマ地区へと辿《たど》り着《つ》くが、人の影は一つとして見えなかった。

街には、泥濘《ぬかる》んだ地面が広がっていた。

数週間も誰も住んでいないからだろうか。雨が土砂を押し流したせいか、コンクリートの上に侵食している。手入れする人々がいなかった証拠だ。

ユーマが歩くたびに、足跡が地面に残っていく。

周りを眺めるが、これといって怪しい何かがあるわけではない。

何故、死に神ちゃんはこんなところにやってきたのだろうか？

ユーマは当てもなく考え、再び視線を落としたときそれに気がついた。

まだ雨で流されきっていない誰かの足跡。

ついで、視界に映るのは――泥に混じった血だ。

「ッ」

ユーマは慌てて足跡を追って駆け出す。

心臓が早鐘を打ち、呼吸が自然と荒くなる。

足跡は新しい。血も固まっていない。ということは、誰かが怪我《けが》を負っているということだ。

ユーマは通りを曲がり、ついに現場を発見する。

だが、血痕の先にいたその人物を目撃した瞬間、思わず目を疑う。

「…………なん、で」

なんで――なんでなんでなんで。

さっきまで彼女を疑っていたはずだった。なのに、今度はその彼女が地に突っ伏している。何が起こっているかわからない。

彼女が倒れていた周辺も地面が泥濘んでいた。

足跡は二方向に分かれ、一つはユーマが来た方向から。もう一つはアリマ地区の奥へと伸びている。それ以外の跡はない。

——そして地に倒れていたのは、死に神ちゃんだった。

◇◇◇

「……大丈夫、死に神ちゃん？　傷はそんなに深くなさそうだけど」

「オレ様ちゃんを誰だと思ってるの？　死神だよ？　これぐらいの傷なんて、へっちゃらに決まってるでしょ？」

「本当に？　じゃあ、これは？」

「ちょ、ちょっと待って！　オレ様ちゃんにも覚悟を決める時間が、〜〜〜〜っ」

言葉にならない苦悶《くもん》の声をもらしながら、ぐいんぐいんと身を捩《よじ》る死に神ちゃん。

ばっちり痛いみたいだ。

アリマ地区内の仕宅。そこで、ユーマは死に神ちゃんに応急処置をしていた。

死に神ちゃんは傷を負っていたものの、幸いと深傷《ふかで》ではなかった。

応急処置で当面は何とかなるレベルだ。

ちなみに、家には窓ガラスを破って無理やり押し入っていた。薬などは一通り揃《そろ》っている。缶詰などもあるため、数週間ぐらいなら住むこと自体もできそうだ。

「はい、これで終わり。ただ後でお医者さんに見せないとね」

「お、オレ様ちゃん絶対に許さないから！　ご主人様、わざと痛くしたでしょ！」

がるる、と唸《うな》って警戒する死に神ちゃん。

痛みには弱いみたいだ。もしかしたら、最近実体化したことが原因なのかもしれない。これまで死に神ちゃんは感覚には鈍感だっただろうから。

「でも……傷は残るだろうね」

ユーマは死に神ちゃんのお腹《なか》を見ながら呟《つぶや》く。

大事がなくてホッとするものの、やはり傷は痛ましい。

ドレスははだけられ、真っ白のシミ一つないお腹の肌が見えていた。だが、その中心あたりには斜めから斬られたような赤い線が残っている。人間と構造が一緒かはわからないが、人間であれば痕が残る傷だ。

ただ、重傷ではない。

「いったい誰がこんなこと……」

「……それは、オレ様ちゃんもわからないよ。見たことない人だったし」

ぽつり、と。そこだけは、死に神ちゃんは覇気がない声で呟いた。

斬られたことがよっぽど堪《こた》えたのだろうか。

だが、ユーマは死に神ちゃんに疑念を抱いたままでいいのか。わからなくなっていた。

死に神ちゃんが何かを企《たくら》んでいる。

そう思って調べにきた途端、死に神ちゃんが誰かに襲われた。

あの現場には足跡が三つほど残っていた。死に神ちゃんとユーマ、そして第三者の靴跡が。

ユーマは死に神ちゃんの傷がそれほど深くないことを確認したあと、三人目の靴跡を追っていた。というか、死に神ちゃんにそうしろと怒られたのだ。その結果、靴跡がアリマ地区を一周するようにして外に出ていったことは確認している。

つまり、別の誰かが暗躍しているのだろうか。

整理するために、ユーマはまずは脳内に浮かんでいる疑問から訊《たず》ねる。

「そもそも、なんで死に神ちゃんはこんなところにいたの？」

「それは……最近、オレ様ちゃん誰かに尾行されてるみたいだったから」

「尾行？　そ、そんなの初めて聞いたんだけど！」

「そりゃ初めて言ったからね」

「な、なんでもっと早く言ってくれなかったの？」

ユーマは慌てて問いかけるが、死に神ちゃんはジトっと半目を向けてくる。

「だって、ご主人様、最近他の女の子追いかけるのに忙しかったでしょ？」

「う……」

女の子を追いかけてなどいないが、確かに死に神ちゃんのそばから離れることは何度もあった。それを責めているのだろう。

「でも、一人きりになれば出てくるかなと思ったけど……まさか襲ってくるとはね。オレ様ちゃんもびっくりしちゃったよ」

「犯人に心当たりはないの……？」

「それはもちろんあるよ？　オレ様ちゃん、死神だから恨みは買ってるだろうね。それこそ死ぬほどね。きゃっきゃっきゃっ」

「それは怨念とかそういう話でしょ」

ユーマの楽観的な推測でしかないが、今の死に神ちゃんを狙う理由がある人物はいないはずだ。ユーマが与り知らぬところで、死に神ちゃんが喧嘩《けんか》をふっかけていなければの話ではあるが。

「でも関係あるかわからないけど、オレ様ちゃん一人で調べてて変なものを見つけたよ」

「変？」

「うん。写真に撮ってるんだけど……でも、ご主人様は見ない方がいいと思う」

「な、なんで？　僕は見ない方がいいってどういうこと？」

死に神ちゃんらしくない言い回しだった。

ユーマはハキになって言う。

「真実から目を背けるな……って、いつもキミが言ってることだろ。見せて。ボクならどんな写真でも大丈夫だから」

ユーマがそう宣言すると、しばしの間の後、死に神ちゃんはドレスから写真を取り出して見せてくる。

一見では、それは何の変哲もない写真だった。

死に神ちゃんが躊躇《ためら》う理由がわからない。

だが、ちゃんと見直して――ユーマは絶句した。

だって、これは有り得ない。こんな光景、存在していいはずがない。

「…………嘘《うそ》、でしょ」

その写真には、見覚えがある神父とシスターが写っていた。

ユーマは全速力で駆けていく。

雨粒が容赦なく顔に降り注ぎ、踏み抜いた水たまりが跳びはねる。慌てていたせいか足を滑らせ、転びかける。それでも必死に顔をあげて走っていく。

死に神ちゃんをアリマ地区の家に一人で残していくのは躊躇った。

だが、確認しないことはもっとできなかった。

そうして写真が示していた場所に辿り着いたとき、ユーマは頰を引き攣《つ》らせた。

「なんで、生きてるんだ……？」

教会のなか。

ユーマは遠巻きに聖堂を窺《うかが》うと、そこでは神父が信者たち相手に集会をしていた。信者たちは聖堂内の長椅子に座り、神父の話を傾聴している。

ユーマはその神父を知っている。

だからこそ、目の前の光景は有り得ないはずだった。

なぜなら、その神父はとある事件の際に亡《な》くなってしまったはずだからだ。

「……何が起こってるんだ」

顔から血の気が引いていく。指先が冷たくなり、思考が停止する。だが、何度確認しようとも目の前の光景は消えてくれない。

そのとき。

「あ？　お前、なにこそこそとしてんだ？」

聖堂を覗《のぞ》き込んでいたユーマのもとに、やってきたのは一人のシスターだった。

当然、シスターも見覚えがあった。とある事件で関わったことがあるからだ。

だが、彼女は怪訝《けげん》そうに眉をひそめ。

「お前、怪しいな。もしかして泥棒か？　もしそうなら、神に代わってぶっ殺すぞ！」

「ち、違いますって！　ボクは探偵……じゃ、じゃなくて！　ほら、前にアマテラス社の保安部の依頼でここに調査にきていた──」

ユーマは慌てて言い訳を並べながら、シスターの様子を窺う。

以前、ユーマは事件の調査にきた際、探偵としてではなくアマテラス社の保安部からの依頼と偽っていた。多少は怪しまれるかもしれないが、神父のことを聞き出すためには、まずシスターに取り入らなければならない。

だが、シスターの返答は、ユーマの予想のいずれにも反していた。

「あ？　適当なこと言ってんじゃねぇよ。お前みたいなやつ、一度もここに来たことはないだろうが」

「…………は？」

「聞こえなかったのか？　ワタシはお前なんか会ったことないって言ってんだよ」

そんな馬鹿な。

ユーマはあんぐりと口をあける。

だが、シスターは気味悪そうに一瞥《いちべつ》しただけだった。ついで、ユーマを突き飛ばして教会から追い出す。

しかし、衝撃は一向に消え去らなかった。

「…………」

よろよろ、とユーマは当てもなく足を動かした。

悪夢を見ているようだった。

死んだはずの神父が生き返り、シスターはユーマのことを知らないという。仮にも、あんな凄惨な事件の調査をしたというのに、忘れるとは考えられない。

ということは、あのシスターにはユーマとの記憶がまったくないのだ。

ハララが何者かにされた、記憶の改竄《かいざん》などというレベルではない。

だが——悪夢は終わったわけではなかった。

無意識のうちに、どこまで歩いたのだろうか。

衝撃が抜けきらずゾンビのように彷徨《さまよ》っていると、不意に声をかけられる。

「あっ、ユーマさん。どうされたのですか？　お顔が真っ青になってますが……」

「フブキ、さん……」

見知った仲間が現れ、ユーマはホッと息を吐く。

地面を歩いている実感がなかったが、今は足の裏にはっきりと感じる。

慌てて周りを見回すと、そこはドーヤ地区だった。

以前、ユーマが拉致され、連れてこられた場所だ。水没しているところも多い。どうやら、気が付かぬうちに地区を跨《また》いでしまったらしい。

ユーマはフブヤに大丈夫だと伝えようとし――

だけれど、フブキの背後にいた男に、言葉を失ってしまった。

「なん、で……」

かつてレジスタンスのリーダを務めていた男。ドーヤ地区の現状を憂い、行動し、そしてとある事件で殺されてしまった男。

再び足の裏から地面の感触が消え、ユーマはよろめいた。

何が起こっているのか理解できない。

目の前で起こっているのは、本当に現実なのか？

無意識のうちに呼吸が速くなる。心臓が脈打つ音が馬鹿みたいに大きく聞こえる。現実の世界が遠くなっていき、実感が薄まる。フブキが何かを語りかけてくるが、ほとんど理解することもできない。

「わたくし……さんとは、たまたま……でお会い……それから、一緒に……したんですけど……ゆ、ユーマさん、大丈夫ですか？」

「え……今、何か言い……ましたか……？」

ユーマは顔をあげて必死に言葉を紡《つむ》ぐ。

だが、フブキはユーマの様子がおかしいと察したのだろう。彼らに挨拶すると、ユーマの腕を引いてどこかに歩いていく。

移動している間、ユーマの意識はずっと靄《もや》に包まれているようだった。

目に映る現実が、テレビゲームでもやっているように見える。

何が起こっているのか？　なんで死んだはずの彼らが生きているのか？　頭に浮かび上

がるのはそんな疑問ばかりだ。

「ユーマさん、つきましたよ」

その声で顔を上げると、そこは屋敷《やしき》だった。

ユーマの体調を心配して連れて帰ってきてくれたのだろうか。フブキに手を引かれるがままに歩いて玄関を潜《くぐ》り抜ける。だが、身体《からだ》は寒いままだ。芯から冷え切っていて、勝手に手が震えてしまう。

「ゆ、ユーマくん。どうしたの!?」

屋敷には、クルミが既に帰っていたようだった。

ぱたぱたと廊下を慌てて駆けてくる。項垂《うなだ》れているユーマに柔らかいタオルをかけてくれるが、体温はなかなか戻ってこない。

「本当にどうしたの？　いったい何があったの？」

「なにが……あったって……」

「取り敢《あ》えず、今日は朝言ってた友達が来てるんだけど……それどころじゃないよね。すぐに帰ってもらうから」

「友達……」

そういえば、クルミは友達を紹介させてほしいと言ってた。

　ほとんど働いていない頭のまま、ユーマはゆるりと顔をあげる。

　だが――

　そのクルミの友達の名前を聞いた途端、ユーマは叫びださなかっただけマシだった。

「ほら、帰って帰ってアイコ。ユーマくんは疲れてるみたいだから、また今度ね」

「…………なん、だって」

　クルミの背後から初対面の女子高生が出てくる。

　会ったことはない。だが、その顔は写真で見たことがあった。

　ユーマがカナイ区に来る前に、死んだはずの女の子。普段であれば目の前に現れても信じなかったかもしれない。

　でも、この僅か一時間で二人の死者に出会った。

　だからこそ、わかってしまった。この少女は「アイコ」なのだろう、と。

「……ごめん、ボク、ちょっと外に出てくるね」

　なんとかそれだけ言って、ユーマは返事を待つことなく屋敷の外に走り出す。

　フブキとクルミの声が背後から聞こえてくるが、ユーマは足を止めることなく走って振り切った。

仲間だと思っていた人たちが、突然異質な化け物に変貌してしまったような感覚。

あるいは、自分だけ極寒のなかに放り出されたかのようだった。

ガタガタと歯が鳴る。手の甲すら青みがかり、唇の感覚はなくなっていた。ここは現実であることを思い出そうと全力で唇を噛《か》むが、麻酔を打ったかのように何も感じない。

有り得ないことが起きていた。

死んだはずの人間が生き返り、自然と振る舞っていた。本物の人間のように振る舞っていた。

まるで、あのときとは違うかのように。

……あのとき？

ユーマは思わず脳内に浮かんだ言葉に疑問を覚える。

されど、どれだけ思い出そうとしても記憶のなかにはない。アマテラス急行に乗ってからの、これまでのユーマの短い人生の中に死者が復活した経験なんてない。

だが、知っている。

その感覚だけがはっきりと染《し》み付いている。

その感覚から導き出される推論とも言えない妄想じみた答えは。

「……ボクも……記憶が、弄《いじ》られてるのか……？」

言葉にした瞬間、ゾッとした寒気が襲ってきた。

だけど、もうそれしか考えられない。

いったいいつからだろうか。

いつから、ユーマの記憶は弄られていたのだろうか。

しかし、どれだけ思い出そうとしてもそんな瞬間は出てこない。当たり前だ。記憶を改竄できるなら、真っ先にその瞬間を弄るだろうから。

「は……は、はは……」

何が信用できて、何が信用できないか、わからない。

そもそも、死者は――ユーマが死んだと思い込んでいた人物は本当に死んだのか？　それも、ユーマの思い込みじゃないのか？　死者でもないのに死んだと思い込んで、勝手に疑心暗鬼に陥っているのはユーマだけじゃないのか？

実際、ユーマ以外、誰も驚いていない。違和感を覚えていない。

だとしたら、結論ははっきりしている。

「……おかしいのは、ボクなんだ」

もうそれしか考えられない。

だが、口にしてみれば、すとんと腑《ふ》に落ちた。

自分だけ異常ならば、死者だと思っていた人々が平然と歩いていたとしても理屈は通る。

ユーマは全てが馬鹿馬鹿しく思え、思わず哄笑《こうしょう》しようとし――

そのとき、ユーマの身体をソッと包み込んだ存在があった。

「大丈夫だよ。オレ様ちゃんはご主人様がおかしくないって知ってるよ」

「……死に神《しにがみ》、ちゃん……？」

ユーマはいつの間にかアリマ地区の住宅まで戻ってきていた。

屋敷の他に行ける場所は、ここ以外にないと無意識下で思っていたのだろうか。

死に神ちゃんは後ろからユーマを抱きしめていた。

背中から伝わってくる熱で、身体がゆっくりと温まっていく。冷え切っていた心が溶かされていく。同時に安堵《あんど》したからか、身体が疲れを思い出したかのように重く感じる。思考が鈍化していく。

死に神ちゃんは甘い声で、ユーマの耳元で囁《ささや》く。

「ご主人様は何もおかしくないよ。ただ……ちょっと疲れてるだけ。休めば、すぐに慣れるよ」

「死に神ちゃんは……覚えてるの？」

「当たり前でしょ？　オレ様ちゃんが写真を見せたんだよ？」

死に神ちゃんはくすりと笑い声を響かせる。

「でも、覚えてるのはオレ様ちゃんだけじゃなかったんだね。よかった、ご主人様も覚えてて」

世界に取り残された気分が消えていく。

同時に悟る。死に神ちゃんがユーマに写真を見せたがらなかった理由を。

きっと、死に神ちゃんはユーマが覚えていなかった時を危惧していたのだろう。

「ほら、ご主人様。ごろんとなって」

死に神ちゃんに促されるがままに、ユーマはベッドに寝転がされる。

上から押し倒すように見つめてくるのは、死に神ちゃんの端整な顔。

意識が遠ざかっていくなか、死に神ちゃんは囁く。

「おやすみ、ご主人様。朝起きたらきっと良くなってるよ」

死に神ちゃんのその声で、ユーマは意識を手放した。
その寸前、意識の端っこであることを思い出す。
当たり前ではあるが――死に神ちゃんは〈死神〉。
死を司《つかさど》る神様だということを。

【第五章】

朝起きたら、そこは変わらずアリマ地区の住宅だった。

「あっ、ご主人様。おはよ！」

「……死に神ちゃん何してるの？」

「んー、料理つくってるの！　きゃっきゃっきゃっ、オレ様ちゃんの手料理が食べられるなんてご主人様は幸せ者だね！」

言葉通り、死に神ちゃんはキッチンに立っていた。

手際《てぎわ》よく包丁を操っている。つくっているのはホワイトシチューのようだった。ぐつぐつと鍋のなかで分厚い肉や鮮やかな野菜が煮込まれ、美味《おい》しそうな匂いが漂っている。

ユーマはその光景を見ながら呟《つぶや》く。

「死に神ちゃん、料理できたんだ……」

「オレ様ちゃんを誰だと思ってるの？　ご主人様と違って料理の一つや二つぐらいできるに決まってるでしょ。もう、オレ様ちゃんを馬鹿にはさせないから！」

死に神ちゃんは自信満々に胸を張ってみせる。

だが、その指は怪我《けが》しているのか絆創膏《ばんそうこう》が巻かれていた。……昨日にはなかったので朝食作りで怪我をしたのだろうか。

「それで……死に神ちゃん、お腹《なか》の傷の方は？」

「んー、大丈夫かな。ちょっと痛むけど、オレ様ちゃん的には問題なし！」

「そ、そうなんだ。それならよかった……」

「それより、はい！　ご主人様、食べて食べて」

死に神ちゃんは皿にシチューを装《よそ》うと、テーブルに置く。

「あ、ありがとう……でも、急になんで料理を？」

「だって、ご主人様、料理できる女の子が好きなんでしょ？」

「……それ、キミたちが勝手に言ってるだけでしょ」

ユーマは呆《あき》れたように言う。

だが、次の瞬間には、香ばしい匂いにつられてかお腹がぐぅと音を奏《かな》でる。「きゃっきゃっ、お腹は正直だね」という死に神ちゃんの揶揄《からか》いに、ユーマは顔を赤くしてしまう。

だが、次の死に神ちゃんの行動にはさすがに面食らった。

「はい、ご主人様」

「え？　な、なに？　ど、どうしたの？」

「なにって……あーん、でしょ？　ほらほら。ご主人様、口開けなきゃ」

「そ、それは見ればわかるけど……や、やっぱりどうしたの？　死に神ちゃん、今日おかしいって」

いつもの死に神ちゃんからは考えられない行動ばかりだ。

しかし、死に神ちゃんは答える代わりに、じとーっとした視線を向けてきて。

「ふーん。ペタンコのあーんは乗り乗りで受け入れるくせに、オレ様ちゃんのは駄目なの？」

「い、いや、あれはボクだって乗り乗りでやったわけじゃ」

「駄目、なの？」

「……………食べます」

まるで、クルミと一緒に出かけたときのように、ユーマは渋々顔を前に出して突き出されたスプーンを口の中にいれた。

途端にまろやかでコクのある味が広がる。美味しい。

「どう？　オレ様ちゃんのシチュー。美味しい？」

「それは……美味しいけど」

「ほんと？　じゃあ、もっとあげるね！　ほらほら、食べて食べて！」

「ま、待って！　そ、そんなにいっぺんには食べられないから！」

死に神ちゃんが次々と口の中にスプーンを突っ込んでくるのに対し、ユーマは慌てて声を上げる。だけれど、死に神ちゃんは止めようともしない。

結局、鍋ひとつ分、ユーマは一人で食べることになった。

油断すると口からシチューが出てきそうだった。

と、そのとき。

――――、――――まッ！

「……え」

何か遠くから聞こえなかっただろうか。

ユーマは振り向くが、そこには家の壁しかない。

……気のせいだろうか？

内心で疑問に思いつつも、ユーマは死に神ちゃんに向き直る。

だけれど、それを除けば、この家での時間は不思議なぐらい穏やかだった。

「オレ様ちゃん、それはちょっとおすすめしないかな」

死に神ちゃんはアリマ地区から出て屋敷《やしき》に戻ることに賛成しなかった。

朝食が終わったあとに、ユーマはテーブルを囲んで死に神ちゃんと今後について相談していた。されど、死に神ちゃんはそれだけは譲らなかった。

「もちろん、オレ様ちゃんは襲ってきたやつなんか怖くないよ？　でも、今、あの屋敷に戻るのは危険だってば。だって、みんなおかしくなってるんだよ？」

「それは……そうかもしれないけど」

死者が生き返り、他のみんなは記憶が改竄《かいざん》されている可能性がある。

死に神ちゃんの言う通り、得策とは言えない。

だから、しばらくの間は、このアリマ地区で過ごすことになったのだが。

「ご主人様、何してるの？　ほらほら、こっちきて！」

ユーマがキッチンで皿洗いをしていると、死に神ちゃんが強引に腕を引っ張った。

不思議に思いつつも手を引かれるがままに移動すると、無理やりソファに座らされる。

ついで、死に神ちゃんは隣に腰掛けると、膝をぽんぽんと叩《たた》いて。

「ほら、ここに寝っ転がって。オレ様ちゃんが膝枕してあげるから」

「い、いや、それは……」

「ビッチにはやったのに……？」

「わ、わかったよ。すればいいんだろ」

死に神《しにがみ》ちゃんの言葉に、ユーマは渋々と承諾する。だけれど、先ほどから都合よく押し切られている気がする。こんなにも自分は断れない性格だっただろうか。

「じゃあ、失礼します……」

「きゃっきゃっきゃっ、ご主人様がちがちだね。どうしたの？　オレ様ちゃんに緊張してるの？」

死に神ちゃんに揶揄われるが、ユーマは無視する。

羞恥心を押し殺して彼女の膝に頭をすっぽりと載せるが、やはり居心地は悪かった。肩が強張《こわば》り、視線もどこに向けていいかわからない。ついで、死に神ちゃんが指でかりかりと頭皮をくすぐったときには背筋がぞわぞわしてしまう。

「急に……どうしたの、死に神ちゃん」

やはり死に神ちゃんの態度は、普段からは程遠い。

襲われたということを考慮しても、どこか不思議だった。

だからこそ、ユーマは問いかけるが、死に神ちゃんは楽しそうに笑みを浮かべたまま。

「べっつにー。どうもしないよ？　いつものオレ様ちゃんでしょ？」

「いや……いつもはこんなことしないでしょ」

普段の死に神ちゃんはもっと横暴で、ユーマに対して優しかったことなんてほとんどない。

だが、死に神ちゃんはそんなユーマの言葉など聞いちゃいなかった。

鼻歌を奏でながら楽しそうに髪を撫《な》で、にまにまとしているだけだ。

――――――、――――――さまッ！

「………え」

また、あの声だ。

ユーマは眉をひそめ、死に神ちゃんの膝から起き上がる。

慌てて周りを見回すが、やはり誰もいない。……幻聴を聞いてしまうぐらい疲れてるのだろうか。

ユーマが怪訝《けげん》な顔をする一方で、死に神ちゃんは元気よくソファから立ち上がる。

「はい、膝枕終わり！　じゃあ、次は……一緒にお風呂《ふろ》入る？」

「は、入るわけないでしょ！　何言ってるのさ、死に神ちゃん！」

「ペタンコとビッチにはしてたくせに……」

「そんなこと、誰ともしてないから！」

「きゃっきゃっきゃっ、ご主人様必死だね！　顔真っ赤！」

けらけらと笑い転げる死に神ちゃん。

どうにも、ここ二日の死に神ちゃんには調子を崩される。

ユーマはがしがしと頭を掻《か》くと、嘆息しながら言う。

「そんなことより……やっぱり、そろそろ行かなくちゃ」

「行く？　行くってどこに、ご主人様？」

「それは……もちろん、調査にだよ」

ユーマは死に神ちゃんの目を見ながら言った。

「確かに屋敷には戻らない方がいいだろうけど……でも、調査しなきゃずっと好転はしないでしょ。せめてなんでこうなってるか突き止めないと」

アリマ地区の大規模失踪だって何も解けていない。

ハララの記憶改竄も、アイや他の超探偵の失踪も、死者の復活も、死に神ちゃんを襲った犯人も――何もかも謎のままだ。

だというのに、ユーマが呑気《のんき》に休んでいるわけにはいかない。

当然、死に神ちゃんは理解してくれると思っていた。それどころか、当たり前でしょと叱責すらされてしまうかもしれない。

ユーマはそう予測するが――されど、直後、死に神ちゃんが口にしたのは予想だにしなかった言葉だった。

「ご主人様、調査に行っちゃうの……？　今日ぐらい休んでもいいんじゃない？」

「…………………え？」

別に、死に神ちゃん以外が言ったとしたら特に疑いもせずに受け入れただろう。

でも。

だとしても、死に神ちゃんがそれを口にしたら話は別だった。

驚愕《きょうがく》をするユーマを他所《よそ》に、死に神ちゃんは続ける。

「そんなことより、オレ様ちゃんとここでもう少し過ごそ？　オレ様ちゃんだって、ご主人様だってまだ体調良くないんだから――」

死に神ちゃんは笑顔で語りかけてくるが、ユーマは無意識のうちに後退する。

今更ではあるが、この二日間の死に神ちゃんはおかしなところばかりだ。

だけど、襲われたせいだと無理やり納得していた。

あるいは、昨日、死者を目撃していた衝撃を引きずっていたのかもしれない。頭が働いていなかったのかもしれない。

でも、先程の死に神ちゃんの発言で完全に目が覚めた。

同時に、ユーマの視界の端に外の光景が映る。

土砂まみれの道路。次々と新しい砂が雨によって運ばれているせいか、昨日の死に神ちゃんが倒れていた痕跡は綺麗《きれい》さっぱり消えている。

それでも、ユーマが今朝に——数時間前に、家の前から土砂を動かした際の足跡は残っていた。

数時間程度では、足跡は残っている。

「………なんで、ボクは気づかなかったんだ」

「ど、どうしたの、ご主人様？」

「昨日、キミは誰かに襲われたと言っていたけど……抵抗はしなかったの？」

「え？　お、オレ様ちゃん？　抵抗は……よく覚えてないけど」

「いや、してるはずがないんだ。だってあのとき現場には足跡以外の痕跡がなかったんだから」

てっきり、あのときには雨で流されてしまったのだろうと思っていた。

だが、そうではなかった。数時間程度では足跡は残されているのだから。抵抗の跡が消え去ってしまっていたのならば、足跡も消えていないとおかしい。

「そ、そうだ！　オレ様ちゃん思い出した！　オレ様ちゃんが気づく前に斬られたんだよ。だから――」

「それも嘘《うそ》でしょ。だって、キミが斬られたのはお腹《なか》だったんだ。どうやってキミに気づかれる前に近づけるの？」

「お、オレ様ちゃんは――」

「嘘、なんでしょ」

何故《なぜ》、そんなことをしていたのかはわからない。ただ第三者を用意すれば簡単にできることではある。本当に何故この程度のこと、もっと早く気がつかなかったのか。

ユーマがそう口にした途端に、死に神ちゃんの笑顔が固まった。

だが、この程度はたいした真相じゃない。

「……いや、そんなことはどうでもいいんだ。ボクが気になるのはそこじゃない。そもそも、キミはいったい誰なんだ？」

「な、何言ってるの……？　オレ様ちゃんはオレ様ちゃんだよ？　もー、ご主人様どうしたの？　オレ様ちゃんほどキャラ濃い美少女なんて、そうそういないのに――」

「……もう、どれだけ言葉を尽くしても無駄だよ。キミは間違えたんだから」


――、人さまッ！


再びどこからか声が聞こえる。

だが、今度は聞き逃さなかった。

みしり、と。家の窓が揺れ、ひび割れる。

ユーマは一瞥《いちべつ》しながら言う。

「キミみたいな死に神ちゃんも悪くはないけど……でも、ボクの知ってる死に神ちゃんは、横暴で、強引で、心が狭くて、すぐ拗《す》ねて」

「だけど――謎が大好きな、ボクの最高の相棒なんだ」

ぱりんっっっっっっっっ‼

窓ガラスが割れて、一人の影が飛び込んでくる。

それは、目の前の少女とまったく同じ見た目だった。

だが、今度は間違えない。この少女こそが本物だった。

「ご主人様！」

正真正銘、本物の死に神ちゃんはもう一人の死に神ちゃんを指差しながら叫ぶ。

「気をつけて！　あいつ――――だよ！」

「……そっか」

死に神ちゃんが口にしたその言葉を聞いて、ユーマは全てのことが腑《ふ》に落ちたような気がした。

もちろん、何か証拠があるわけではない。何故そうなっているかもわからない。だけれど、幾つかのことは妄想じみた推測を重ねれば何となく真実を想像はできる。

アリマ地区の大規模失踪も、

カナイ区の各地で小さな事件が起きていたことも、

そして、死に神ちゃんが実体化している理由も。

「やめて、ご主人様。それ以上は言わないで……真実を突きつけても、いいことなんかないよ」

もう一人の死《し》に神《がみ》ちゃんがどこか懇願するように言ってくる。

だが、止めない。

それは、全てを知ってしまい言わずにはいられないから、ではない。

ユーマが探偵だからだ。

先ほど、死に神ちゃんはもう一人の死に神ちゃんを指差しながらこう言っていた。

──気をつけて！　あいつ謎怪人だよ！

ならば、ここは。

ユーマはもう一人の死に神ちゃんの目を真《ま》っ直《す》ぐ見ながら言い放つ。

「──ここは〈謎迷宮〉なんだね」

次の瞬間、世界が壊れた。

◇◇◇

家が一瞬で崩れ去り、風景も消え、現れたのは非現実としか思えない世界だった。

プラネタリウムのようなドーム型の空間。

ただ頭上の曲面スクリーンに映っているのは、切り貼りされたカナイ区の光景だ。夜行探偵事務所、ユーマたちが拠点にしていた屋敷《やしき》、アリマ地区、エーテルア女学院、数えきれないほどの場所を映し出している。

本来、投影機が設置されるそこには代わりに小さな模型があった。

街の模型だ。

その詳細まではわからないが、何の模型であるかは直観的に察する。おそらくカナイ区の模型なのだろう。

まるで神様が下界を監視するためのような場所で、もう一人の死に神ちゃんは項垂《うなだ》れていた。

死に神ちゃんは指差しながら激怒する。

「あいつ――オレ様ちゃんの偽物《にせもの》のくせに、オレ様ちゃんをずっと閉じ込めてたんだよ！

オレ様ちゃんの力を使って！　偽せ神《にがみ》ちゃんのくせに！　もー、オレ様ちゃんが気づいて取り返そうとしなかったら、ずっとこのままだったよ！」

「えっと、色々聞きたいことはあるんだけど……偽せ神ちゃんってなに？」

「オレ様ちゃんの偽物だから、偽せ神ちゃん。どう？　わかりやすいでしょ？」

「それは、まあわかりやすいけど……」

この際、ネーミングは些事《さじ》ではないだろうか。

ただわかりやすいので、ユーマも使わせてもらうことにしよう。

「そんなことよりも、ご主人様、偽せ神ちゃんのこと本当にオレ様ちゃんだと思ってたでしょ！　なんですぐに気づかないの⁉」

「し、仕方ないだろっ。本当に見た目がそっくりだったんだから……」

今だって、隣に本物の死に神ちゃんが立っているからこそ間違えないが、二人とも黙っていれば見分けはつかない。

「ちなみに、本物の死に神ちゃんはボクが屋敷で風邪で寝る……って言ったときまで一緒にいた、で良いんだよね？」

ハララのもとへ行くために、死に神ちゃんについた嘘。

思い返せば、あのときまでは確かに本物の死に神ちゃんだったような気がするのだが。

「それ、ご主人様、ファイナルアンサーでいいんだよね？　もし間違えたりしたら、オレ様ちゃん本気で拗ねるからね」

「…………」

「なんで何にも言わないの！」

死に神ちゃんは怒り狂うが、ユーマは確信が持てない。

むすーっと不機嫌そうな顔とともに、死に神ちゃんは声をもらす。

「……それで合ってるよ。ご主人様に騙《だま》されたって気づいた後すぐに、オレ様ちゃん閉じ込められたから。あいつ、オレ様ちゃんと同じなのに相当陰湿だよ。オレ様ちゃんたちのこと、ずっと見張ってたみたい」

「……そうだろうね」

でなければ、説明がつかないことがたくさんある。

ユーマは警戒しつつも、もう一人の死に神ちゃん――偽せ神ちゃんに目を配るが、顔を俯《うつむ》かせたまま少したりとも動こうとしない。

よくわからないが、チャンスだ。

ユーマは死に神ちゃんを一瞥し続ける。

「未《いま》だに半信半疑だけど……ここは〈謎迷宮〉でいいんだよね……？」

「そう、〈謎迷宮〉。これまで見てきたもの全部、この異世界でつくられたものだったんだよ。多分……全部、オレ様ちゃんがつくったんだと思う」

「多分？」

「オレ様ちゃんもよくわかってないの！　こんなこと初めてだし……でも、こんなことできるのはオレ様ちゃんぐらいしか……オレ様ちゃんと同じ力を持った偽物ぐらいしかいないでしょ？」

死に神ちゃんは偽せ神ちゃんを見ながら言う。

ユーマの脳裏にはある光景が浮かび上がる。

以前、死に神ちゃんはユーマの記憶から事件現場を再現していた。

感覚としてはあれに近いのだろう。

記憶から、記録から、一つの世界を丸ごと再現してしまう。

まさに、神の所業だ。

死に神ちゃんぐらいにしか成し得ない。

「……でも、おそらく死に神ちゃんの力は万能ってわけじゃなかった」

「そう。オレ様ちゃんは大雑把に色々やるのはできるけど、細かい作業をたくさんやるのは苦手なの。特に、人間をたくさん再現してみせたりとか。面倒だしね。逆に、動かないものはオレ様ちゃん得意！　死体とか！」

「……それ、死に神ちゃんの性格じゃないの？」

ユーマはそう言いつつも、死に神ちゃんの言葉は自然と腑に落ちた。

「……けど、だから、アリマ地区の大規模失踪みたいな事件が発生した」

「多分だけど、面倒だから、何人かは除いて大多数の人間を丸ごと再現しちゃったんだよね。でも、全員は再現できなかった。たとえば、オレ様ちゃんにまったく関わりがなかった人間とか。だから、結果として記録には存在するけど、実際には存在しない人間ができあがった」

「それが……失踪に見えちゃったんだね」

推測でしかないが、動かないものを再現するのが得意な死に神ちゃんは、空間自体を用意することを優先してしまった。

結果として、カナイ区自体は完璧に再現したが、人間はそうはいかなかった。

死に神ちゃんは自分が知っている人間を優先して丸ごと再現したが、関わりがなかった人間までは手が追いつかなかった。一方で、死に神ちゃんは関わりがあった人間を正確に再現してしまったがゆえに、彼らは死に神ちゃんが再現できなかった人間すらも覚えてしまっていた。

それで生まれてしまったのが、再現できなかった人々が存在したという記憶や記録があるのに、実際のアリマ地区に存在しないという矛盾。

それが、失踪の真相なのだろう。

それは、ユーマたちがアイと出会った工事現場にも同じことが言える。工事現場は再現してしまったが、そこで働く人々を再現できなかったからだ。

「……ということは、もしかして幽霊騒ぎも？」

「まったく同じではないけどね。オレ様ちゃんの力だと、再現できるカナイ区の人々が少なすぎたんだと思う。だから、ハリボテを混ぜた」

「ハリボテ……」

「モブだと思えばいーよ。オレ様ちゃんはやってないからよくわかんないけど、オレ様ちゃんならそうする。で、モブだらけのときにはモブを丸ごと消すの。そーすれば楽ちんでしょ？」

「……だから、幽霊に見える人たちが出てきちゃったのか」

ユーマはぽつりと呟《つぶや》く。

「でも、そんな雑な世界の調整じゃ超探偵たちがいずれ気づく」

「だから、カナイ区のあちこちで事件を起こしたんでしょ。超探偵が真実から遠ざかるように」

ちらり、と死に神ちゃんが偽せ神ちゃんを一瞥《いちべつ》する。

まだ、偽せ神ちゃんは俯いたままだ。

「あいつは超探偵に気づかれないようにするために色々と手を打ったんだと思う。多分、アイとかいうあのガキんちょ超探偵も……」

「世界探偵機構に連絡を取ろうとして、外に出ていけないことに気づかれたら困るから。だから、アイという超探偵をつくった……」

見た目は子供、中身は大人な超探偵。

以前、死に神ちゃんが「本当にいたでしょ」と興奮していたが、逆だったのだ。

死に神ちゃんがそんな超探偵がいそうと思ったからこそ、アイという超探偵ができあがったのだろう。

「それでも、たまたま気づく超探偵たちもいた。あるいは、調査に乗り出した超探偵もいた。そういう超探偵には——」

「あいつは介入した。記憶を変えたりしてね。大勢は難しいけど、少人数ならオレ様ちゃんもできそうな気がするし。それに、元々、オレ様ちゃんが再現した人間だしね」

ユーマは大まかに謎の概要が摑《つか》めてくる。

「ということは、死《し》に神《がみ》ちゃんが実体化したままだったのも、ずっと偽せ神ちゃんがキミの力を使ってたからなんだね。つまり、死に神ちゃんはフルパワーをずっと出した状態だったんだ」

死に神ちゃんの言い方だと、偽せ神ちゃんはどうやら彼女の力を使えるらしい。

だから、偽せ神ちゃんは死に神ちゃんの力をフルパワーで使い続け、結果として死に神ちゃんは実体化した。力が制御できていないと勘違いしたのだ。

「でも、ようやくわかったよ。ボクと死に神ちゃんの契約が切れた原因」

「うん……そうだね」

そこだけは、死に神ちゃんは歯切れ悪く同意する。

だが、ここまでの話を聞けばこの結論しかない。

ユーマは言う。

「ボクは本物のユーマ＝ココヘッド……じゃないんだね。キミの力で再現された偽物なんだ」

だから、契約が切れていた。

いや——そもそも、契約は結ばれていなかったのだ。

記憶が改竄《かいざん》された、というのも間違った感覚ではなかった。ユーマ自身もつくられた存在だったのだから。

沈黙が場を支配する。

死に神ちゃんも、偽《に》せ神《がみ》ちゃんも何も言おうとはしない。

カナイ区で何が起こっていたかは概《おおむ》ね理解した。

だが、肝心なことが何もわかっていなかった。

「なんで……こんなことをしたの？」

ユーマは死に神ちゃんと偽せ神ちゃんの両方を視界に収めながら問いかける。

とある神様が謎迷宮のなかに異世界をつくりあげた。

だが、まだ指摘していないが、あの異世界はあまりにも矛盾を内包していた。

その理由が——ユーマにはわからなかった。

だからこそ、問いかけたのだが。

果たして、答えたのはずっと黙っていたはずの偽せ神ちゃんだった。

「本物のオレ様ちゃんがそう望んだからだよ。だから、オレ様ちゃんが本物のなかに生まれたの」

「ち、違う――オレ様ちゃんはそんなこと望んでない！」

「望んだんだよ。本物のオレ様ちゃんは忘れてるのかもしれないけど」

偽せ神ちゃんは歪《いびつ》な笑みを浮かべながら、顔を上げる。

「ご主人様と別れた後、オレ様ちゃんは〈死神の書〉の中に戻ったの。いつも通り。人間との契約が終われば、オレ様ちゃんは本の中で待ち続ける。ずっとずっと長い間ね」

「でも、いつもと違ったのは――もしかしたら、ご主人様がまた迎えに来てくれるかも、という希望があったこと。自分で突き放しておきながら……勝手だよね、オレ様ちゃん。でも、それぐらい……ご主人様と一緒に過ごした日々は楽しかったから」

「だから、オレ様ちゃんは待っちゃった。ご主人様ならすぐに来てくれるって。期待しながら、ずっと。ずっと、ずっと、ずっと！」

「でも、ご主人様は来なかった。……そのときのオレ様ちゃんの気持ち、わかる？　ご主人様に見捨てられたときの気持ちが」

大きく、紅《あか》い、三日月の笑み。

きゃっきゃきゃっきゃっ、と偽せ神ちゃんは嗤《わら》う。

その瞳は紛れもなく狂気に染まっていた。

「だから、オレ様ちゃんはつくったの。オレ様ちゃんを起点にできた〈謎迷宮〉に、オレ様ちゃんだけのご主人様がいる世界を。そうすれば、オレ様ちゃんはもうこんな気持ちにならなくても済むから」

「それ、は……」

今のユーマには、どんな結末が本物のユーマと死に神ちゃんに訪れたのかはわからない。

でも、ユーマが彼女の言う通りに迎えに来なかったとしたら。

死に神ちゃんはずっと一人で待ち続けたとしたら。

それは、どんなに寂しい——

「さっきから聞いていれば、ぐちぐちと勝手なことを……！」

だが。偽せ神ちゃんの言葉を真っ二つにするように、声を吐き出したのは死に神ちゃんだった。

死に神ちゃんは烈火の如《ごと》く睨《にら》みつけると、叫ぶ。

その瞳には強い闘争心が宿っていた。

「全部……オレ様ちゃん、全部思い出したよ！　確かにちょっとは寂しいと思ったかもしれないけど……でも、やっぱりオレ様ちゃんはそんなことしない！　だって、オレ様ちゃんはご主人様に託したんだから！　なのに、待てなくてどーすんのさ！」

「ご主人様は一生来ないかもよ？」

「絶対に来るよ！」

死に神ちゃんはユーマをちらりと見ながら、まるで宝物を見せるような表情で宣言する。

「だって、ご主人様は——オレ様ちゃんとずっと一緒にいてくれる、って言ってくれたんだから」

ああ。

それは、いつかのユーマが口にした台詞《せりふ》だった。

もちろん、ユーマはこの結末を想定して口にした言葉ではない。

だけれど——こんな結末だと知っていたとしても、口にしていた言葉ではあった。

そっ、とユーマは死に神ちゃんのそばに寄る。

その光景に、偽せ神ちゃんの表情が歪《ゆが》む。唇が真一文字《まいちもんじ》に結ばれ、そして醜く広げられる。ついで、偽せ神ちゃんは自分の口の中に手を突っ込んだ。現れるのは、美しい刀身の剣。

偽せ神ちゃんが軽く振るうだけで、突風が吹き抜ける。

「……そっか、それが本物のオレ様ちゃんの答えなんだね。でも、オレ様ちゃんは……そんなの、認められない。どうせまた悲しくなっちゃうだけだよ。それなら、偽物《にせもの》の世界でも、ご主人様とずっと一緒にいた方が楽しいよ？」

「だから、またあの世界に閉じ込める気なの？　それこそ——認められるわけないでしょ！　ご主人様！」

死に神ちゃんが隣で叫びながら、こちらを一瞥する。

続けて言葉を発するが、それよりも先にユーマには意図が読めていた。

「——ご主人様、真実の為《ため》に命を捧《ささ》げる覚悟はいい？」

「うん、捧げるよ！」

言うや否《いな》や、飛び込んでくる死に神ちゃん。

ユーマは抱き留め、その勢いで踊るように回転しながら、死に神ちゃんの口から突き出された柄を固く握り締めた。すらっと同じように抜き放つと、美しい刀身の剣が出てくる。

解刀《かいとう》。謎迷宮に干渉することができる死に神ちゃんの武器だ。

「ご主人様、一緒に戦ってくれる……？　わかってるかもしれないけど、この戦いに勝っても——」

「大丈夫。覚悟の上だよ」

死に神ちゃんの言葉を遮り、ユーマは言い放つ。

この戦いに勝ったところで、今のユーマが得られるものは何もない。

実感はないが、今のユーマ自身は偽物だ。

負ければあの世界に再び閉じ込められるが、勝てば存在が消えてしまうのだろう。

それでも、

「……キミを放っておくことなんかできないよ」

「きゃっきゃっきゃっ。いつの間にか、ご主人様立派になったね。もしかして良い教育係がいるからかな？」

「そうかもね」

言って、ユーマは小さな笑みを浮かべる。

隣では、死に神ちゃんも笑っていた。

次の瞬間、偽せ神ちゃんは剣を構え。

ほとんど同時に、ユーマと死に神ちゃんは前へと走り出し。


──それが、開戦の合図だった。


ばんっっ！と風の音すら置き去りにして、偽せ神ちゃんが地を駆けた。

瞬《まばた》きする間に偽せ神ちゃんが消えては現れ、残像をあちこちに置きつつ迫りくる。

だからこそ、ユーマが剣戟《けんげき》に持ち込めたのはほとんど奇跡に等しかった。

「────ッ」

金属が打ち合う音。

ユーマと偽せ神ちゃんの解刀同士が打ち合い、衝撃波が吹き抜ける。衝撃が殺せず、ユーマは吹っ飛ばされて地面を転がる。

間髪入れず、偽せ神ちゃんが前へ駆け出して追撃してこようとするが、それを邪魔したのは死《し》に神《がみ》ちゃんだった。とりゃあああ！　と元気よく声を発し、横回転しながら蹴りを放つ。

偽せ神ちゃんはその蹴りを剣の腹で受けた。

焦げ臭い擦過痕を残しながら後退するが、効いている様子はない。

ユーマはその光景を見ながら叫ぶ。

「どうなってるの、死に神ちゃん！　さっき力を奪い取ったとか言ってなかった⁉　全然効いてないよ！」

「えっと……ご主人様、その件なんだけどね。オレ様ちゃんたちがべらべら喋《しゃべ》ってる間に、また奪われたみたい」

「………………は？」

ユーマは固まってしまう。

死に神ちゃんはどこか気まずそうに説明する。

「元々、オレ様ちゃんの力は一つでしょ？　オレ様ちゃんとあいつはそれを綱引きみたいに取り合ってたんだけど……オレ様ちゃん、喋るのに夢中になっちゃったみたい。半分以上、取られちゃった」

「は、はぁ⁉　な、何やってるのさ、死に神ちゃん！」

どうやら、偽せ神《にせがみ》ちゃんが黙っていたのは観念したわけではなかったらしい。死に神ちゃんから力を奪い取っていたのだ。

「オレ様ちゃんも集中すれば取り返せるかもしれないけど……それまで、ご主人様マジバトル頑張ろ？」

「む、無理だって！　ボク、ただの探偵見習いだよ⁉」

「でも、ご主人様も探偵ならバリツとかフェンシングの一つや二つ、突然目覚めたりしない？　ほらほら、出し惜しみしなくてもいいんだよ？」

「そんなの急に言われても、できるわけないだろ！　そんなの使えたらこれまで全然苦労してないよ！」

「じゃあ、ヤバいじゃん！」

「だから、そう言ってるでしょ！」

ぎゃあぎゃあと言い合うが、偽せ神ちゃんはもちろん待ってくれない。

そこからの五分間は、まさに死と隣り合わせの時間の連続だった。

偽せ神ちゃんが剣を振るうたびに、凄《すさ》まじい衝撃波が空間を裂くように放たれる。打ち合っても純粋な膂力《りょりょく》では勝てようもない。ユーマは吹っ飛ばされてばかりだ。

一方で、死に神ちゃんはもっと酷《ひど》かった。

捌《さば》き切れない偽せ神ちゃんの斬撃を受け止め、精緻なドレスはボロボロだった。肌が露出され、刀痕《かたなきず》が何本も入っている。

ユーマは力を振り絞り剣を構えながら、隣の死に神ちゃんに問いかける。

「……はぁ、はぁ……もしかしてだけど……少しでも注意をそらせば、偽せ神ちゃんを止められる？」

「ふぇ？　もちろん、できるけど……ご主人様、何するつもり？」

「ちょっと考えがあるんだ」

ユーマの推測が当たっていれば、勝機はある。

外していればもちろんお陀仏《だぶつ》だが――成功するにせよ、失敗するにせよ、今のユーマはおそらく消滅してしまう。後に戻れる選択肢はない。真実を明らかにすることを選んだ自分を、偽せ神ちゃんが許すはずもない。

ならば、ユーマが進むべき道はひとつしかない。

「――――行けッ！」

己を叱咤《しった》する声を吐き出すと、ユーマは前へと駆け出した。

偽せ神ちゃんは剣を上段に振りかぶる。

そうして、交錯するその瞬間。

「ッ」

「──ご、ご主人様⁉」

偽せ神ちゃんと死に神ちゃんの驚愕《きょうがく》が同時に聞こえてくる。

だが、それも当然だ。

交錯の寸前に、ユーマが剣を構えるのを止めて無防備な身体《からだ》を晒《さら》したからだ。

数瞬後、偽せ神ちゃんの斬撃によってユーマの身体は切断される。そのはずだった。

──だけれど、ユーマの身体に傷がつくことはなかった。

偽せ神ちゃんが突如軌道を変えて、剣を振るう。

ユーマの頬を掠《かす》め、轟音《ごうおん》とともに、すぐ横の空間が切り裂かれるが、ユーマ自身に被害はほとんどない。精々、頬が斬られた程度だった。

直後、ユーマにとって初めてといっていいぐらい大きなチャンスが生まれた。

間髪入れずに、ユーマは大振りながらも剣を振るう。

偽せ神ちゃんは慌てて剣で受けるが、よろめいてしまう。

死に神ちゃんが力の綱引きを仕掛け、奪っているからだろう。目に見えて偽せ神ちゃんの膂力が落ちている。

「……やっぱり。ずっとおかしいと思っていたんだ！」

叫びながら、ユーマは地を駆けて偽せ神ちゃんに迫り剣を振るう。

先程までの展開と異なり、偽せ神ちゃんは防戦一方だった。

偽せ神ちゃんが剣を振るえば、ユーマは無防備にも身体を晒す。偽せ神ちゃんはユーマの身体を斬らないように避け、結果として隙を差し出すことになる。その間にも死に神ちゃんは力を奪い取る。着々と偽せ神ちゃんは弱体化していた。

「どうして、最初のときボクはキミと剣を打ち合えたんだ？　ボクにはキミの動きなんてほとんど見えなかったのに！」

剣を振るう。

「他にもおかしな点はもっとある！　どうして、キミは——ボクをあの世界に閉じ込めておくなら、ボクの記憶をもっと弄《いじ》っておかなかったんだ？　完全に何もかも忘れさせて閉じ込めておけばあの世界を維持できたのに！」

剣を振るう。

「導き出される結論は一つ！　何故《なぜ》かはわからないけど、キミは——ボクに手出しできないんだ！」

剣を振るう！

もう今の偽せ神ちゃんの力はただの女の子と変わらなかった。

ユーマが振るった剣が、偽せ神ちゃんの剣を弾《はじ》き飛《と》ばす。

偽せ神ちゃんが慌てて拾おうとするが、その隙を見逃すわけもない。ユーマは取っ組み合いに持ち込むと、彼女を地面に押し倒す。

そうして、

「…………キミの負けだよ。もう諦めるんだ」

ユーマは偽せ神ちゃんに馬乗りになって、眼前に剣を突きつけていた。

偽せ神ちゃんにはもうユーマを押しのける力さえ残っていないだろう。されど、彼女はユーマの言葉を無視して抵抗を続ける。必死にユーマを押しのけようとする。力が足りないとわかると、偽せ神ちゃんは今度はユーマに拳を何度も打ちつける。

「どいて……どいてどいてどいて！　どいてよ、ご主人様……！」

負けたことは理解しているはずなのに。

もう逆転はできないとわかっているはずなのに。

それでも、拳の皮が擦り切れても、剝《む》けても、血が溢《あふ》れてきても、彼女は抵抗をやめることはない。

魂の咆哮《ほうこう》のような嗄《か》れ切った声とともに拳を振るい続ける。

何度も、何度も、何度も、何度も、何度も——まるで結末が認められないかのように。

「なんで……そこまで……」

「当たり……まえ、でしょ！　オレ様ちゃんは……ご主人様に！　もう一度……会いたかったんだよ！」

拳を振るう。

「それなのに……簡単に……諦められるわけ、ないじゃん！　偽物《にせもの》のご主人様でも……ずっと会いたかったの！　事件なんて……追わなくていいから、ずっと一緒にいたかったの！」

拳を振るう。

「でも……でも、最後はやっぱりこうなるんだね……」

拳を振るおうとする——が、そこが彼女の限界のようだった。

偽せ神ちゃんはだらりと腕をさげて、力尽きたように地面に転がる。瞳は虚空《こくう》を見つめ、生気がない。それだけではなく、瞳から大粒の涙が零《こぼ》れていて。

だからこそ、ユーマは訊《たず》ねずにはいられなかった。

「なら……どうして、キミはボクの記憶をもっと弄らなかったの？」

そうしていれば、偽せ神ちゃんは容易に管理できたはずだ。

こんな結末には――ユーマたちに真実を暴かれることはなかったはずだ。

その問いに、偽せ神ちゃんは小さな笑みを力なくつくりあげると、ぽつりと。

「……ご主人様はやっぱりヘッポコ探偵だね。オレ様ちゃんが……ご主人様の記憶を弄れるわけ……ご主人様を傷つけられるわけないじゃん。オレ様ちゃんは……ご主人様に会いたかったんだよ？　なのに、記憶を変えたら……他の超探偵も含めて、ご主人様からひとつでも大きく奪ったら……」

「――そんなことしたら、もうご主人様じゃ……ないじゃん……」

ああ。

ずっと矛盾を抱えていると思っていた。

ユーマを閉じ込めておきたいなら、もっと効率的な方法があったはずだった。死に神ちゃんの性格がいくら大雑把だとしても、いくらでも手段はあったはずだった。

ユーマは自分がいた世界が謎迷宮上の異世界だと知ってから、それがずっと疑問だった。

でも、なんてことはない。

ユーマを閉じ込めておきたくても、ユーマを構成する要因を大きく取り上げたらそれはもう別人だ。

だから、大きくは干渉しなかった。できなかったのだ。

「……キミはあの世界に時間制限があるって知ってたんだ……この戦いだって、キミは本当は勝てるとは思ってなかったんだ……」

最後まで抵抗はしていたが、ユーマを傷つけられないという縛りのなかで勝てる見込みはない。最初から勝敗は決まっていたのだ。

それでも、偽せ神ちゃんは選んだ。

泡沫《うたかた》の夢とわかっていて尚《なお》、偽物のユーマと世界のなかで生きることを選んだのだ。

同時に、彼女がどうして最後にユーマの前に現れたのか察した。

いつからあの手段を考えていたのかはわからない。

でも、きっと終わりを考えて最初から組み込んでいたのだろう。

自傷をして。死者を使って。ユーマを孤独に思わせ、あの家に閉じ込めた。

それは、最後に思い出作りがしたかったから。

だから、あの場で料理をつくって。

膝枕をして。

一緒にお風呂《ふろ》は――入らなかったけれど。

「……ご主人様、オレ様ちゃんの料理おいしかった？」

「………うん、おいしかったよ」

「そう、よかった」

「――オレ様ちゃん、たっくさん練習したんだ」

ボロボロに泣きながら、偽《に》せ神《がみ》ちゃんは――もう一人の死《し》に神《がみ》ちゃんは笑ってみせる。

そうして、

「………っ」

ユーマが手を出す前に、偽せ神ちゃんの身体は粒子となって弾けた。

対象を見失った剣が地に突き刺さる。

粒子が空に昇っていく。

まるで、雨のように。

ユーマがふと手の中に視線を下ろすと、絆創膏《ばんそうこう》だけが――偽せ神ちゃんの努力の証《あかし》が最後まで残っていて。
それも、ぱっと四散して弾けた。

【エピローグ】

偽せ神ちゃんが粒子となって消える。

だが、その現象は彼女だけのものではなかった。

ユーマの身体もまた粒子となってポロポロと崩れていき、空へと立ち昇っていく。

時間切れ。単純にそれだけの話だ。

「………終わったね」

「そう、だね」

ユーマは立ち上がる。

何もかも終わった。この後の結末はもうわかっている。

だが、不思議と恐怖はなかった。

それは、ユーマが偽物だからか。

「まーた、ご主人様くだらないポエム読んでるの？」

「死に神ちゃん、ボクの心が……」

「読めないよ。でも、ご主人様が考えてることぐらいわかるって！　どれだけ一緒にいると思ってるの？」

死に神ちゃんは笑顔で言う。

「……それで、死に神ちゃんはもう大丈夫？」

「……うん、大丈夫だと思う」

「寂しくない？」

「……寂しくないよ、ご主人様。オレ様ちゃん、ぼっちには慣れっこだし」

「ほんとに？」

「……ほんとだよ」

死に神ちゃんは目を伏せながら言う。

だが、その瞳には小さく涙が溜《た》まっていて。

「ふ、ふぇ」

ユーマが彼女を抱き寄せると、死に神ちゃんは小さく驚いた声をもらした。

「な、なに!? 急にどうしたの、ご主人様!?」

「えっと……今度はボクの番かなって。前はボクが泣いちゃったし」

「え……も、もしかして、ご主人様記憶が……!?」

「ないよ。でも、多分そうかなって」

ユーマはあっさりとバラしてみせる。

「でも……オレ様ちゃん、別に抱きしめてないよ？」

「まあ、そうだろうね」

「……けど、ありがと」

「大丈夫？」

「うん、もう大丈夫」

「だって、ご主人様はずっと一緒にいてくれるんでしょ？　きゃっきゃっきゃっ！　もー、ほんとご主人様はしょうがないなー。オレ様ちゃん、愛されちゃってるね！」

「――だから、またね。ご主人様」

――――っ。

頬に柔らかい感触。

ユーマが目を見開くと、死に神ちゃんはどこか照れくさそうに笑って。

その最高の光景が、ユーマの視界に映った最期《さいご》の世界だった。

「……いっちゃったね」

死に神ちゃんはぽつんと謎迷宮に取り残される。

だけど、その謎迷宮も崩壊していた。

理由は簡単。その謎も解決されたからだ。

「……あー、でもそっか。これがその感覚なんだ」

死に神ちゃんは胸を両手で押さえる。

だが、ドキドキが止まらない。頬の火照《ほて》りが引かない。この表情をユーマに見られたくないような、見られたいような矛盾した感覚。

だけど、この感情はそうした矛盾の塊なのだろう。

たとえば、とある神話ではその感情が度々記される。

神様ですらその感情に振り回され、間違いを犯し、幾つもの矛盾を内包した行動を取ってしまう。

だから、結局のところこの物語もそんな話だ。

ただ――とある神様が一人の人間に恋におちたという、どこにでもあるありふれた物語だ。

富士見ファンタジア文庫

超《ちょう》探偵《たんてい》事件《じけん》簿《ぼ》 レインコード

オレ様《さま》ちゃんはお嫁《よめ》さん!?

令和5年8月20日　初版発行

著者――篠宮《しのみや》 夕《ゆう》

原作・監修――スパイク・チュンソフト

発行者――山下直久

発　行――株式会社KADOKAWA
〒102-8177
東京都千代田区富士見2-13-3
0570-002-301（ナビダイヤル）

印刷所――株式会社暁印刷

製本所――本間製本株式会社

※定価はカバーに表示してあります。
●お問い合わせ
https://www.kadokawa.co.jp/（「お問い合わせ」へお進みください）
※内容によっては、お答えできない場合があります。
※サポートは日本国内のみとさせていただきます。
※Japanese text only

ISBN978-4-04-075109-2 C0193

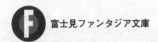

騙しあい。

各国がスパイによる戦争を繰り広げる世界。任務成功率100%、しかし性格に難ありの凄腕スパイ・クラウスは、死亡率九割を超える任務に、何故か未熟な7人の少女たちを招集するのだが——。

シリーズ
好評発売中！

ファンタジア文庫

世界最強の
“不可能任務”に挑む少女たちの
痛快スパイファンタジー！
スパイ教室
竹町
illustration
トマリ